세상 끝 아파트에서
유령을 만나는 법

세상 끝 아파트에서 유령을 만나는 법

ⓒ 정지윤 2021

초판 1쇄	2021년 12월 27일		
지은이	정지윤		
출판책임	박성규	**펴낸이**	이정원
편집주간	선우미정	**펴낸곳**	도서출판 들녘
편집진행	이동하	**등록일자**	1987년 12월 12일
디자인진행	김정호	**등록번호**	10-156
일러스트레이션	메아리		
편집	이수연·김혜민	**주소**	경기도 파주시 회동길 198
마케팅	전병우	**전화**	031-955-7374 (대표)
경영지원	김은주·나수정		031-955-7376 (편집)
제작관리	구법모	**팩스**	031-955-7393
물류관리	엄철용	**이메일**	dulnyouk@dulnyouk.co.kr
		홈페이지	www.dulnyouk.co.kr

ISBN   979-11-5925-709-4 (04810)

세상 끝 아파트에서
유령을 만나는 법

정지윤

gobl

머리말

베니스힐 아파트 공동체에서 일어난 폭동을 아직 기억하는 분이 많을 것입니다. 몇 주 동안은 헤드라인을 장식했죠. 기술에 배타적인 사람들이 서울 한가운데 모여 사는 공동체. 그 집단 안에서 벌어지는 음모와 암투, 꿈과 갈등, 그리고 붕괴, 폭로. 시간이 지나고 베니스힐 공동체의 탄생부터 붕괴까지를 다룬 넷플릭스 다큐멘터리 시리즈도 나왔습니다. 이 이야기로 영화나 드라마를 만든다는 소문도 있었고요.

흥미진진한 요소가 있다는 점은 부정할 수 없습니다. 하지만 전 이 사건을 그저 재미거리로만 볼 수는 없습니다. 제 지인이 현장에 있었거든요. 폭동이 벌어지고, 사람들이 감금당하고, 심지어 피를 흘린 그곳에 말입니다. 그래서 전 이 사건을 조금 다른 각도에서 조명해보기로 마음먹었습니다.

뉴스도 다큐멘터리도 '그들이 어떤 점에서 특이했나'에 초점을 맞췄습니다. 눈에 띄는 점들이 있긴 합니다. 이제는 다들 자연스럽게 사용하는 감응형 생체칩을 거부한다든지, 자기들끼리 회사를 만들어 운영했다든지. 주변 다른 지역은 계속 재개발되는데, 점점 낡아가는 아파트를 지키며 믿음을 고수하는 모습은 확실히 고혹적일지 모릅니다. 그런 독특한 특징이나 삶의 모습 때문에 폭동까지 일어났다고 믿기도 쉽습니다.

하지만 제가 들은 이야기는 조금 달랐습니다. 오히려 그 공동체 사람들이 바깥의 우리와 너무 비슷했기에 그런 폭력 사태까지 벌어진 것은 아닌지 의문을 품게 되었습니다. 의문을 해소하고자, 지인의 도움을 받아 여러 당사자를 인터뷰하고, 자료를 발굴하고, 현장도 수차례 새로 방문했습니다.

그렇게 발견한 내용을 그대로 나열하는 건 읽기에도 재

미없고, 이야기꾼이자 사기꾼, 시인이자 몽상가인 저 스스로도 만족스럽지 않더군요. 그래서 원인과 결과, 변수와 상수를 따져 가며 이야기를 재구성해보았습니다. 그랬더니 뜻밖에도 공동체보단 사람 이야기가 돼버렸습니다.

정리한 원고를 읽고 여러 역사적 오류를 지적해준 동생, 거친 원고를 감수해준 이동하 편집자님과 고블 편집부에 감사드립니다. 짧은 역사서의 가치를 알아보고 책장을 펼쳐주신 독자들께 또한 감사드립니다.

조만간 베니스힐 아파트를 허물고 재개발을 시작한다고 하더군요. 건물과 사람은 사라져도 역사는 남아서 또다른 슬픔을 피할 단서가 되어줬으면 합니다. 슬픔이 우리 삶의 본질이 아니라면 말입니다.

목차

머리말·5

세상 끝 아파트에서 유령을 만나는 법·11

작가의 말·138

1.

나의 밤은 너의 낮보다 화려하다

XR, 그러니까 확장현실을 계속 꺼두었더니 안경 벗은 근
시마냥 눈에 자꾸 힘이 들어갔다. 어서 아파트를 나가야
했다.

"고마워요, 선생님. 우리 요한이 잘 가르쳐주시는 것만
도 감사한데, 뭘 선물까지 챙겨줘요?"

"문득 눈에 들어오더라고요. 사모님께서 친구분들하고
차 마시길 즐기신다던 게 마침 기억났네요."

안나 여사는 쇼핑백에 든 박스를 흘깃 확인하고는 가볍
게 미소 지었다. 내가 선물한 잎차였다. 마음이 바빴지만
인사는 제대로 해야 했다. 이렇게 적당한 자리는 좀처럼

찾기 어렵다. 여행 기념품이라는 명분으로 학부형에게 작은 선물 하나 가져다 바치는 수고 정도는 아깝지 않았다.

과외 상담을 위해 처음 만나던 날, 안나 여사는 요한이 고등학교를 입학하고서 갑자기 성적이 떨어졌다고 걱정했다. 애가 원하는 게 가장 우선이지만, 요즘은 너무 헤매는 모양이라며 말을 덧붙였다. "학교에 적응하는 게 힘든가 봐요. 중학교 때는 전교 1, 2등까지 하기도 했는데." 나는 최대한 믿음직한 표정으로 "그럴 수 있어요. 공부하는 요령만 잘 잡으면 금방 다시 올라갑니다." 같은 소리를 했다.

수업을 몇 차례 해보니, 요령문제가 아니었다. 입학 직전, 요한의 친구인 J가 갑작스럽게 세상을 떴던 것이다. 어렸을 때부터 친한 사이였다니 마음에 깊은 상처가 남았을 터였다. 안나 여사는 대체 무슨 생각으로 학교 적응을 운운했을까.

요한은 친구의 짧은 삶이 그렇게 마무리되는 걸 받아들일 수 없었다. 게다가 제 딴에는 그 뜻밖의 죽음이 영

미심쩍었던 모양이다. 하지만 경찰이 사고로 마무리한 사건을 헤집을 힘도, 도리도 없었다. 반은 낙담, 반은 반항심에 요한은 공부를 놓아버렸다. 끝없이 무너지는 마음처럼, 성적도 바닥을 모르고 떨어졌다. 수학 과외를 시작한 것은 바로 그때쯤이었다.

"나중에 맛있는 거 생기면 선생님 것도 챙겨둘게요. 참, 이번 주 토요일에 요한이 데리고 교재 보러 가신다고 했죠?"

"네. 얘가 뭐 하나를 설명하면 금방 이해하고 잘 배우네요. 생각보다 진도가 빨리 나갔어요. 교재 하나만 더 떼보고, 이후 수업을 어떻게 할지 다시 이야기해보시죠. 아예 고3 과정까지 다 끝내도 될 것 같은데."

"네, 요한이 이야기도 같이 들어봐야죠. 어쨌든 잘 부탁드립니다. 토요일엔 저녁 먹기 전까지만 보내주세요."

안나 여사와 요한과 인사를 나누고 서둘러 현관을 나섰다. 103동 로비를 나오니 코끝이 찡하게 시렸다. 희미한 가로등은 마치 시든 듯 답답했다. 분리수거장, 주차장이며 낡은 놀이터를 지나 아파트 입구에 이르자 경비를 서던 강 씨가 아파트 단지 출입문을 열며 아는 척을 해 왔다. 아, 이런. 한 반년, 과외 올 때면 가끔 캔커피 하나씩 사서 쥐여줬던 터라 강 씨는 괜히 친한 티를 냈다.

"여어, 선생님. 이제 들어가십니까?"

"네, 이제 속세로 돌아가야겠습니다."

"에이, 속세는 무슨, 여기가 어디 절간도 아니고. 텐서칩만 안 쓸 뿐이지 똑같이 사람 모여 사는 덴데 뭘. 그래, 선생님도 XR 자주 쓰세요?"

"자주 쓴다 정도일까요. 요새는 다들 아예 안 끄고 지내는걸요."

"에헤이. 조심해야 돼요, 그거. 너무 쓰면 안 좋아. 그 뭐냐, 한 교수님 책 읽어봤어요?"

"교수님 쓰신 책이 한두 권이 아니지 않아요? 『호모 칼레이도스코푸스』 말씀하시는 거면, 워낙 베스트셀러였잖아요."

"응, 그래, 그 책 말이에요. 꼼꼼히 잘 읽어보면 깊이가 있거든. 참, 옛날에는 다들 모여서 텐서칩을 경계해야 한다느니 그런 이야기 많이들 했는데. 이제는 다들 그냥 시들해. 보호구역도 여기 하나 남았잖아, 그렇죠?"

5년 전, 인체에 삽입해 시각과 청각에 직접 간섭하게 하는 감응형 생체칩, 통칭 텐서칩이 개발되자 이 기술을 둘러싸고 논란과 갈등이 폭발했다. 텐서칩 상용화를 결사반대하는 이들은 과격한 시위까지 벌였다. 텐서칩 반대 운동을 이끌었던 지도자 중 한 사람이 바로 요한네 아버님인 한 교수다. 생체칩을 상용화해선 안 된다는 자세한 이유야, 그가 쓴 베스트셀러를 보면 알 수 있으리라.

어쨌든 기업들은 기술 상용화를 밀어붙이기 위해 이를 악물고 나섰다. 정부는 사이에 끼인 채 돌파구를 찾지 못했다. 아웅다웅, 소란도 이만저만이 아닐 때, 한 교수가 뜻밖의 해결책을 제시했다. 생체칩을 사용할 수 없는 이른바 '기술보호구역'을 만들고, 기술을 원하지 않는 사람들이 그곳에서 안전하게 살 수 있도록 하자는 이야기였다.

이 제안을 받아들인 정부는 LH며 관련 대기업과 함께 자금을 모아 기술보호구역 관리사업단을 출범했다. 보호구역의 위치나 규모, 구역 내 원주민 보상 등으로 또 한 차례 들썩들썩했지만 어떻게든 줄다리기도 끝냈다. 사업단은 전국 곳곳에서 낡은 아파트를 구매해 반생체칩 공동체 측에 특약 공공임대 형식으로 제공했다. 입주민 중 희망자들에게는 아예 아파트를 분양하기도 했다. 이런저런 제약은 붙었지만, 시세를 생각하면 상당히 싼 가격이었다. 이런 타협안에 불만을 품은 사람도 있었을 것이다. 하지만 빅플레이어들이 서로 악수를 나눈 이상, 다른 이들에게 남은 선택지는 많지 않았다.

물론 대체로 기술은 막상 써보면 두려움보다 편리함이 큰 법이다. 게다가 확장현실 기술에 뛰어든 사업자들은 생체칩을 안전하게 사용할 수 있도록 애썼고, 그보다 더 큰 노력을 홍보에도 쏟아부었다. 그 덕분에 보호구역은 하나하나 자연스럽게 소멸했다. 강 씨 말처럼 이제 서울에 남은 기술보호구역은 이곳, 송파구 베니스힐 아파트뿐이다.

"여기만큼은 꼭 지켜야 하는데, 한 교수님이 안나 사모하고 결혼한 뒤론 분위기가 영 전 같지 않아요. 그 댁은 대체 무슨 생각을 하는 건지. 갈수록 나같이 텐서칩 없이 사는 사람은 바깥에 몸 둘 데가 사라지고 있는데 말이야. 잠깐 마실 나가려 해도 갈 곳이 없어요. 아파트 나가면 못살고 죽지, 죽어."

아, 그런 건 됐으니까, 난 이제 좀 나갔으면 싶은데. 눈에 힘이 너무 들어가서 이젠 머리까지 지끈거렸다. 이야기를 질질 끌려는 강 씨에게 대뜸 끼어들듯 물었다.

"저 이제 나가려면 또 체크아웃 검사해야 되죠?"

"에이, 뭐 한두 번 얼굴 보는 것도 아니고. 그것도 아파트 들어올 때나 확인하면 되지, 나갈 때는 뭐 상관없어요."

강 씨에게 웃으며 고맙다고 고개를 꾸뻑 숙였다. 빠른 걸음으로 단지를 빠져나온 뒤 곧바로 뒷덜미에 손을 올려 텐서칩을 켰다. 확장현실 플랫폼이 작동하자 세상에

빛이 되돌아왔다. 시험 삼아 왼 손목을 들어보니 텐서칩 컨트롤 디스플레이가 떴다. 화질 깨끗한 XR 영상이었다.

버스에 앉아 창에 머리를 기댄 채 스치는 거리를 멍하게 구경했다. 밤을 맞이한 서울은 형형색색으로 빛났다. 가로등은 밝고 화사한 빛을 덧입었고, 간판에는 반짝반짝 생기가 돌았다. 어두운 밤에도 현수막은 차분하고 뚜렷한 색으로 자기를 주장했다. 화려하고 개성 넘치는 그림이 거리 구석구석에서는 물론, 때로는 하늘까지 가로질러 떠올랐다. 텐서칩은 내 단골 가게나, 맞춤한 추천 카페에 하이라이트를 쏘기도 했다. 합정이나 신촌이라면 세련된 음악도 들려줬겠지. 그런 홍보 서비스는 꽤 비싼 탓에 어지간히 돈이 도는 거리가 아니면 흔치 않았다.

그걸 고려하더라도, 베니스힐 아파트 단지와 단지 바깥의 서울은 완전히 다른 세상이다. 베니스힐 아파트는 이런 생동감을 싫어하는 사람들이 모인 곳이고, 아파트가 선 거리마저 고즈넉했다.

그 이전에도 꾸준히 발전해왔지만, 지난 몇 년 사이 확장현실 사업은 폭발적으로 성장했다. 초반에는 디스플레이 기기 발전에 힘입어 윈드실드에 내비게이션을 탑재하는 정도였다. 하지만 텐서칩이 등장하자 새로운 가능성이 열렸다.

물론 가능성은 혼란을 함께 던져주었다. 확장현실은 어디까지나 '현실'에 가상을 덧씌우는 기술이다. 웹처럼 처음부터 가상에 가상을 쌓아 올리며 무한히 증식할 수 없다. 그런 만큼, 이 유한한 현실에 확장현실을 입힐 권리를 두고 치열한 싸움이 벌어졌다. 세계 각지에서 확장현실 플랫폼이 등장해 일찌감치 경쟁하기 시작했고, 한국 또한 예외가 아니었다.

그 탓에 온갖 플랫폼이 난립한 데다 콘텐츠 관리조차 제대로 못한 곳이 많았다. 다행이라 해야 할지, 거대 자본이 나서서 판을 정리하자 곧 여러 규제안이 뒤따랐다. 이제 전국 어디에서나 접속할 수 있는 확장현실 플랫폼은 세 개뿐이다.

물론 베니스힐 아파트는 그 '어디에서나'에 포함되지 않는다. 단지에 들어갈 땐 누구나 텐서칩을 꺼야 한다. 끄지 않더라도 텐서칩 차단망이 확장현실을 막는다. 그 순간, 말과 의미를 잃어 지루하게 텅 빈 공간이 밀려온다. 낯설고 사랑스러운 꽃이나 나무를 발견해도 곧바로 이름을 알 수 없다. 마음에 드는 물건이 문득 눈에 띄어도, 즉시 마킹해 가격과 살 수 있는 매장 정보를 확인할 수도 없다. 아니, 그저 시간이 궁금할 뿐이더라도 일일이 스마트폰을 봐야 할 것이다.

만약 텐서칩을 끈 채 거리를 걷는다면 어떨까. 시시각각 올라오는 주요 뉴스를 놓치고, 맛집을 미처 모른 채 지나치는 건 예사다. 새로운 거리를 걷자면 수없이 스마트폰을 확인하며 길을 찾아야 하고, 정류장에서도 언제 버스가 올지 궁금해 자꾸 폰을 들여다볼 것이다. 그나마 스마트폰이 해결해줄 수 있는 일이라면 좀 번거롭고 말겠지만, 확장현실 간판만 내건 가게는 있는지조차 알 수 없다. 유행에 따라 자주 바뀌는 거리 전시물이나 길거리 공연도 모른 채 지나치리라. 세상을 가득 채운 정보가 내게 다가오지 않는다. 세상과 연결된 끈을 잃은 듯한 외로움은 덤이다. 그러니 베니스힐 단지는 흡사… 뭐라고 해야 하나, 빈 묘비가 가득한 공동묘지?

학교에 가려면 아침마다 단지를 나와야 한다. 그리고 학교 수업 중에는 확장현실을 곧잘 사용한다. 그러니 요한도 단지 안팎 온도차 정도는 알고 있다. 오랜만에 멀리 나들이를 나간다고 혹시 녀석이 들뜨진 않을까 생각하니 입꼬리가 슬며시 올라갔다.

2.
친구와 인수분해와 술과 작별인사

쌤은 어딘가 이상한 사람이다. 나쁜 뜻으로 하는 소린 아냐. 수학 선생으로서 나무랄 데 없고, 밖에서도 말끔한 대학생, 무려 S대 역사물리학과 학생이다. 게다가 잘생겼고. 따져보면 잘난 사람이다. 다른 어른들하고는 다르다고나 할까.

공부라면 덮어놓고 안 하던 차에 수학 과외를 시작했다. 할 마음이 전혀 없었지만, 무엇 하나 강요한 적 없던 엄마는 전에 없이 단호했다. 어쩔 수 없이 한 발 물러섰지, 뭐. 하지만 답지 않게 심통이 났고, 그 탓에 처음엔 수

업마다 꽤나 재수 없는 꼬맹이처럼 굴었을 것이다. 한동안 쌤은 별 보람도 없이 수업 시간만 채워야 했다.

그러던 어느 날, 쌤이 내게 정말 바라는 게 뭐냐고 물었다. 성적이나 말아먹고 마는 건지, 아니면 J에게 무슨 일이 있었는지 밝혀내는 건지. 무슨 생각으로 꺼낸 소린지 알 수 없었지만, 분한 마음을 담아 되물었다.

"그야 알아내고 싶죠. 그래서 내가 뭘 할 수 있는데요?"

"그 전에 뭘 해야 하는지 물어야지. 진상을 들춰내려면 뭘 해야 할까?"

"경찰이 한 일 말고 말이죠? 현장을 검증하니 증거를 수집하니 하며 하릴없이 돌아다니고, 아무 사람한테 아무 질문이나 실컷 던지고선 대충 결론 내리는 거요."

쌤은 미간을 꾹꾹 누르며 잠시 인상을 구겼다. 말문이 막혔나 싶은 순간, 다시 입을 열었다.

"질문을 잘못 던진 사람은 나였던 모양이네. 보자…. 경찰이 수사를 잘못했다고 여기는 거잖아. 그 이유는 뭐야?"

왜 이런 걸 묻는 걸까. 다들 그랬듯 날 어르고 달래려 하나. 그렇다면 진지하게 대답하는 건 내 꼴만 우습게 만들 텐데. 하지만 여태 다른 어른들은, 엄마는 다정한 표정으로 신경 써주면서도, 정작 J 건은 언급하는 것도 꺼렸다. 마치 없었던 일인 양. 그런데 이 사람은 세상 무심한 표정으로 내 가장 친한 친구의 죽음을 헤집고 들어왔단 말이야.

머릿속으로 단어를 고르다가, 문득 가슴 한구석이 죄어왔다. 사실 그 이야기를 꺼내는 일이 무섭다는 걸, 너무 아플까 봐 두려워 망설이게 된다는 걸 깨달았다. 아, J. 내가 너한테 이러면 안 되는데. 조금 아프다고 널 밀쳐둘 수는 없는데. 하지만 내가 뭘 할 수 있어? 너는 이미 모든 미래를 잃었고, 남은 건 오직 기억뿐. 시간도 사람도 그 기억마저 지우려는데, 그 앞을 막아서야 할 난 어리고 무력해.

생각이 엉키려는 순간, 쌤의 목소리가 귓속으로 파고들었다.

"드문드문 들은 걸 정리하자면, 그 친구는 공원 호수에서 익사한 채로 발견된 거지? 호수에 얇게 언 얼음이 깨져 있었고. 경찰은 사고라고 결론 내렸어. 애가 부모하고 크게 싸운 뒤 가출했고, 홧김에 술을 마셨다가 변을 당했다는 거야. CCTV를 봐도 혼자 얼음 위로 뛰어가다 물에 빠졌고, 실제로 혈중 알코올 농도가 높게 나왔다 하던데."

담담히 읊어 내리는 목소리에 심장이 쿵쾅거렸다. 피가 혈관을 따라 미친 듯 달렸다. 분명 엄마는 이 이야기를 꺼내면 내가 힘들 줄 알았던 거야. 늘 그랬듯이 나보다 나를 잘 알고 있던 거야. 그러면 이 사람은 대체 왜 이러는 걸까? 나한테 뭘 바라고? 뭘 어떻게 하라고?

"그래서 뭐가, 왜 잘못됐다고 생각하는데?"

잠시 헤매던 시선이 쌤과 마주쳤다. 고개를 돌려도 담담히 파고드는 눈빛을 뿌리칠 수 없었다. 제기랄. 순간 내 비겁한 속마음이 드러난 느낌이었다. 쌤 앞에서나, 떠나간 J 앞에서나 더는 도망가고 싶지 않았다. "경찰한테도 다 이야기했던 거예요." 하며 입을 뗐다.

J는 부모와 다퉜던 적도 없고, 욱해서 가출할 성격은 더

더욱 아니라는 것. 내가 그걸 어떻게 알았는지 밝히긴 곤란하지만, J는 어지간히 술이 세서 곤드레만드레한 채 물에 빠졌을 리 없다는 것. 애초에 경찰은 J가 어디서, 어떻게 술을 구했는지 밝히지 못했다는 것. 사건이 마무리된 직후에 그 가족, 그러니까 부모와 동생이 조용히 아파트를 떠났다는 것.

내키는 대로 쏟아내다 보니, 딱 부러지게 짚어 수사 결과를 반박할 이유가 없다는 걸 새삼 깨달았다. J다운 죽음이 아니었고 어딘가 석연치 않았지만, 그뿐이었다.

쌤은 내 이야기를 묵묵히, 끝까지 다 듣고 나서 고개를 끄덕였다.

"뭔가 수상쩍지만 그게 뭔지는 모른다는 이야기네. 확실한 단서도 없고."

"그래서 말했잖아요. 내가 뭘 할 수 있겠어요?"

"야, 인마. 우물가에서 숭늉 찾을 거야? 뭘 하려거든 순서가 있는 법이잖아. 궁금하고 답답한데 당장 길이 없다고 그 자리에 주저앉으면 세상에 될 일이 어디 있나?"

"아, 무슨 고전문학 같은 소리를 하네요. 평소 이야기할 때 진짜로 속담을 써요?"

쌤은 빈정대는 소리를 대수롭지 않다는 듯 맞받아쳤다.

"그건 됐고. 대학에서 연구 계획을 세울 때 어떻게 하는 줄 알아?"

"알면 좋겠네요."

"먼저 가설을 세우고, 그걸 검증할 계획을 짜는 거야. 네가 지금 허공에 주먹 휘두르는 기분인 것도 그런 가설이 없어서 그런 거고. 'J가 이렇게 죽은 것 아닐까.' 하는 구체적인 상상이 필요하단 이야기야."

대체 무슨 소리를 하는 거람. 그러니까 내 머릿속으로 J를 다시 죽여보라고? 발끈해서 대들었다.

"그런다고 뭐가 되는데요? 그 가설이니 뭐니 세워도 그걸 어떻게 증명하겠어요? 무슨 영화도 아니고, 나 같은 학생이 어른 손 빌리지 않고 할 수 있는 일이 있을 거 같아요?"

쌤은 잠시 나와 눈을 마주하다, 살짝 민망하기 시작할 때쯤 다시 입을 열었다.

"손이라면 내가 빌려줄게. 넌 마음만 딱 정하고 제대로 파고들어봐. 스스로 뭘 할 수 있는지 알게 되면 놀랄걸."

"…와. 방금은 진짜… 완전히 만화 대사였어요."

"그것도 됐고. 그러려면, 먼저 성적부터 어떻게 좀 해 봐."

"이 맥락에서 갑자기 성적 이야기예요?"

"일단 들어보라고. 첫째로, 내가 계속 도와주려면 네 과외 선생 자리는 지켜야지. 둘째로, 무슨 작당모의를 하든 너희 집에서 할 순 없잖아. 차라리 밖에 내가 아는 데서 하는 게 낫지. 그러려면 네 성적이 좋아야 돼. 그래야 외출해도 눈총을 안 받을 거 아냐, 안 그래?"

내 독기 빠진 빈정거림을 쌤이 피식 웃으며 받았다. 미소가 그렇게 잘 어울리는 사람은 처음 봤다. 갑작스런 상실을 잊게 만들기는커녕 진상을 들춰내는 데 힘을 보태 준다는 이야기 역시 처음이었다. 내심 달콤쌉싸름하게 뒤

엉킨 기대가 머릿속을 스쳤다.

"좋아요. 대신 등수 올리면 저 도와주는 거죠?"

"내가 지금껏 한 이야기가 그거잖아. 대신은 뭘 또 대신이야. 명색이 선생이니까, 너 성적 올리는 것도 당연히 도와줄 거고."

줄곧 J를 위해 뭐라도 하고 싶었던 마음이 갈 길을 찾은 듯했다. 기왕 시작한 거, 제대로 모범생 흉내를 내보겠다고 마음먹었다. 그 뒤로 한 학기, 다른 생각은 할 틈도 없이 공부했고, 그 결과, 1학년 2학기 말에는 아쉬운 대로 전교 4등도 걸머쥐었다. 엄마는 한결 마음을 놓은 듯했고, 쌤은 약속을 지켰다.

친구를 떠나보내는 내 작별인사는 이렇게 시작되었다.

3.

차를 빌려서 한 시간만 달리면 천국의 계단

토요일 아침. 단지 정문에서 기다리다, 쌤이 몰고 온 차에 올라탔다. 침대에서 눈을 떴을 때부터 왠지 적적했는데, 그래도 쌤 얼굴을 보니 마음이 좀 풀리는 듯했다. 고개를 꾸벅 숙이며 씩 웃음을 지어 보였다.

"아, 쌤. 15분이나 기다렸다고요. 15분 네 번이면 한 시간인데."

"지금 정시잖아. 네가 일찍 나와놓고 웬 투정이야?"

"약속을 했으면 조금 일찍 나와야지, 약속 시간 딱 맞춰서 오는 사람이 어딨어요?"

"누구나 다 그래. 마, 게다가 난 차까지 렌트해서 왔거든?"

"다 안 그러거든요! 아, 렌트는 수고하셨습다."

"오면서 빵 사왔으니까 먹으려면 먹고. 한 시간은 가야
돼. 아침은 먹고 나왔어?"

"대충요. 그래도 빵은 먹어야지. 잘 먹겠습니다."

"어제 준 기출문제 프린트는 한 번 훑어봤어?"

"와, 지금 막 뭐 먹으려는데 치사하게. 봤겠어요? 그거
준 지 24시간도 안 지났는데?"

툭탁거리는 새에 서울을 빠져나왔다. 텐서칩은 한결 조
용한 도로로 길을 안내했다. 내가 점차 조용히 가라앉자
쌤도 잠잠히 침묵을 지켜주었다. 뭐, 오늘은 J의 1주기. 마
냥 신나는 날은 아니니까.

추모원 주차장에 도착하자 쌤은 운전석을 뒤로 누이며
푹 기댔다. 자기는 차에 있을 테니 천천히 다녀오라는 뜻
이다. 혼자 보내느냐고 툴툴댔지만, 실은 내심 안심하며
길을 올랐다. 장례식 뒤에도 아파트 친구들끼리 한 번 오

긴 했지만, 벌써 반년 만인가? 언제부터인지 애들끼리도 J 이야기는 저어하는 분위기였으니까. 나도 한동안 공부하느라 바빴고.

J 장례식을 어떻게 지냈는지 제대로 기억도 나지 않는다. 그냥 엄청 울었던 것 같다. 아니면 엄청 멍하게 있다가 가끔 울었던가? 대표회의 회장인 엄마는 장례식 살피랴, 공동체 사람들 챙기랴 바쁜 중에도 날 살뜰하게 다독여주었다. 심지어 같이 울어주기도 했다. 엄마가 눈물 흘리는 모습을 본 건 그때가 처음이었다. 그 덕분에 아픈 걸 좀 잊을 수 있었던 듯도 하고. 아이 씨, 고맙긴 한데 지금 와서 돌아보면 낯부끄럽단 말야.

그랬던 만큼, 장례식 이후로 엄마가 J 이야기를 피할 때는 낙담도 컸다. "경찰이 다 밝혀줄 거야. 그 일은 너무 생각하지 말자." 나름 배려였겠지. 하지만 그래도 더 들어줄 수 있잖아? 같이 고민해줄 수 있잖아?

계단을 오를 때는 별 생각이 다 떠오르더니, 정작 J 앞에서는 할 이야기가 많지 않았다. 안치단 유리에 이마를 기대고 나지막이 내뱉었다.

"무슨 일이 있었던 건지 곧 알아낼게. 조금만 기다려 줘."

물론 넌 어서 털어내라 할지도 모르지. 이게 다 날 위한 것일 뿐이란 사실은 알아. 다 자기만족이라고. 하지만 누굴 위해서든, 난 납득할 수 있는 대답을 들어야겠어. 그래도… 네가 있었으면 더 자신이 생겼을 텐데. 같이 머리를 맞대면 무슨 일이든 꽤 잘 해냈잖아. 아파트 애들을 모아 여행도 가고, 학교에선 도난 사건을 해결하기도 했으니까. 네가 떠나고 나선 뭐 하나 쉽지 않아. 애들도 뿔뿔이 흩어지는 느낌이야. 혼자선 뭘 어떻게 해야 할지 모르겠어.

뜻밖에 눈물이 치밀어 올랐다. 이를 악물고 숨을 죽인 채 눈을 찍어 눌렀지만 쉽게 멎지 않았다. 옆에 쌤이 없어 다행이야. 한심한 꼴 보이고 싶지 않은걸. 눈물을 닦으며 서둘러 봉안실을 나왔다.

주차장을 가로질러 차에 다가가니 딸깍, 조수석 문이

열렸다. 혹시 눈가가 젖지 않았는지 재빨리 확인하고는 차에 풀썩 올라탔다. 그러곤 짐짓 볼멘 목소리를 꾸몄다.

"와, 바람 차다. 어서 가요, 쌤. 진짜로 춥다고 같이 안 가준 거예요?"

"혼자 마음 좀 정리하라고 그랬지. 내가 거길 같이 가서 뭘 하냐. 근데 뭘 이렇게 금방 나와? 그냥 눈도장만 찍고 가도 되겠어? 용미리까지 아무 때나 올 수 있는 것도 아니고."

"아뇨, 지금은 됐어요. 고맙습다, 쌤. 이 먼 데까지 데려와주고."

"성적 오른 선물 치지 뭐. 참나, 무슨 성적을 그렇게 빨리 올리냐?"

"아니, 자기가 가르쳐놓고 무슨 소리람? 뭐, 하긴. 쌤이 잘 가르쳤다기보다 제가 열심히 한 거죠."

남 보기에 아주 없는 말은 아닐지 모른다. 과외야 수학 하나만 받지만, 성적은 전 과목이 꽤 올랐잖아. 조금씩도 아니고, 스스로도 좀 놀랄 만큼. 하지만 쌤이 J 사건을 함께 파헤치겠다고 약속해주지 않았으면 어땠을까? 난 공부는커녕 아무것도 하지 못하고 여전히 헤매고 있었을걸.

"그러니까 수학은 확 올리고 다른 과목은 천천히, 조금씩 올려야지. 이게 무슨 짓이야. 어디 가서 내가 잘 가르친 덕분이라고 말을 못하잖아."

"왜요, 엄마는 이게 다 쌤 덕이라고 얼마나 좋아하는데. 수학 어떻게 되는지 보고 다른 과목 과외도 붙일 생각이었는데 이젠 그럴 필요도 없겠다 그러고."

"수학 과외는 당분간 필요 있어야 하는데."

"아, 그런 걱정은 안 해도 돼요. 이제 어서 가시죠. 여기 있으면 뭐 해요? 이러는 거 나한테는 어울리지도 않고."

"뭐가? 먼저 간 친구 앞에서 눈물 펑펑 쏟는 거?"

얄미운 마음에 눈썹에 힘을 팍 주고 노려봤지만, 어쩌겠어? 조수석에 푹 기대고는 한숨을 내쉬었다.

"눈물 질질 흘리는 것도 싫긴 한데, 지금은 그 이야기가 아니라요. 이렇게 아무것도 해결되지 않은 채로 마음이나 정리하고 끝내는 건 영 아니란 말이죠. 도와주신댔죠? 어떻게 도와줄 건데요?"

어쩌면 J 일도 정말 잘될지 몰라. 갈피 못 잡고 떨어진 성적도 끌어올렸잖아. 쌤이 도와주면 네가 왜 떠나야 했는지 알아낼 수 있을 거야. 쌤은 씩 웃으며 대답했다.

"일단 교재 사러 가야지."

"아, 쫌! 이 맥락에서?"

"쫌은 무슨 쫌. 명색이 네 책 사러 나온 거잖아. 구색은 좀 맞추자, 인마. 그러고 나서 내 오피스텔에서 마저 이야기해. 우리 도와줄 친구도 하나 더 있고."

옥신각신하며 책을 고르고 서점을 나와 방배동에 도착했다. 오피스텔에 들어가며, 쌤은 허공에 대고 이야기하기 시작했다.

"그래, 생각보다 서점에서 시간을 많이 썼다니까. 책은 미리 사놓을걸 그랬어."

나한테 하는 말은 아니었다. 아, 이거 또 그런 거네. 사람들은 나와 같은 공간을 걷다가도 내가 볼 수 없는 세계, 내게는 없는 세계를 오가곤 했다. 내 눈에 보이지 않는 글, 내 귀에 들리지 않는 이야기, 나는 함께 웃고 떠들수 없는 사람들.

내가 텐서칩을 하지 않은 탓이지, 뭐. 그 악의 없는 소외감에는 제법 익숙하지만, 그래도 음악이 안 들리면 춤추는 사람이 미친 것처럼 보이는 법이다. 물론 춤추는 사람에게는 아마 내가 소리를 듣지 못하는 것처럼 보일 거야.

내 멋쩍은 상황을 눈치챈 쌤이 아차 싶다는 표정으로 사과 섞인 질문을 던졌다.

"내가 미처 생각을 못 했네. 너 학교에서 쓰는 홀로비전 없어? 텐서칩 없는 애들은 그걸로 확장현실 수업 듣잖아."

"그건 학교에 있죠. 밖에 갖고 나오면 안 돼요. 애초에 불편해서 쓰고 다닐 수도 없는 걸요."

쌤은 사방에 아무렇게나 쌓인 책 더미며 잡동사니를

쑤시고 다니더니 뭔가를 들고 왔다. 작은 지퍼백에 든 알약이었다.

"이건 구강섭취형 나노드론이야. 삼키면 텐서칩이 없어도 확장현실 플랫폼을 쓸 수 있어. 개발 중에 프로젝트가 엎어져서 시판되진 않았지만… 안전은 확실한 물건이야. 나중에 원격으로 분해할 수도 있고."

정체 모를 알약을 내놓으며, 쌤은 답지 않게 빠르게 말했다. 어디서 팔지도 않는다는 물건을 어떻게 구해 왔을까? 문득 마주친 쌤 눈빛에 알듯 모를 듯 불편함이 스쳤다.

"정 의심스러우면 홀로비전 갖다 줄게. 구형이라 무겁고 답답하겠지만, 어디 구석에 뒀던 것 같은데 찾으면 금방 나올 거야. 그렇게 큰 방도 아니고."

이제 보니 내가 자길 못 믿을까 싶어 불안한 모양이다. 생각 밖에 여린 면도 있나 보다. 하지만 여기까지 와서 쌤을 의심할 마음은 딱히 없는데. 어깨를 으쓱해 보이고는 알약을 집어 그대로 삼켰다. 바로 눈을 잠시 감았다 떴지만 눈에도 귀에도 아무 달라진 것이 없었다.

"쌤. 이거 고장 난 모양인데요? XR이 안 들어와요."

"나노드론이 자리 잡으면 바로 활성화해 줄게. 일이 분 있어야 돼. 잠시 기다려봐."

소파에 앉은 쌤 옆자리로 가서 털썩 주저앉았다. 쌤 어깨에 고개를 기대고는 눈을 꾹 감았다. 체온이 닿자 간질간질한 감각이 이마에서 가슴께로 퍼져왔다. 하지만 정말 잠깐이었다. 곧 쌤은 "이제 눈을 떠도 될걸." 하며 날 불렀다. 어쩔 수 없이, 애써 딴생각을 쫓으며 눈꺼풀을 열었다.

그 순간 커다란 개가 코앞에 고개를 들이밀었다. 시커먼 털에, 번들거리는 눈. 쩍 벌린 입은 피가 뚝뚝 떨어지는 듯했다. 나는 식겁해서 비명을 지르며 소파에서 나동그라졌다. 내 고함을 따라 짖어대던 검정개는 버둥대는 내 가슴에 올라타 씩씩대며 콧김을 뿜었다. 눈앞이 아찔했다.

"야, 인마! 갑자기 애한테 무슨 짓이야?"

쌤이 버럭 소리를 질렀다. 개는 낄낄대며 느긋이 물러

나더니 대답했다.

"이게 바로 실증적 연구지. 주제는 '베니스힐 청소년은 또래들보다 확장현실을 낯설게 느끼는가' 정도?"

"통제군, 조작군도 없이? 넌 진짜 공부 좀 해야겠다. 요한아, 괜찮아?"

쌤 손을 잡고 일어나며 보니 검정개가 빙글빙글 웃으며 꼬리를 흔들었다. 놀란 가슴이 좀 가라앉자, 한심한 꼴을 보인 탓에 얼굴이 화끈거렸다. 이제 와서 화내면 더 어린 애처럼 보이겠지? 자세를 추스르고는 짐짓 담담한 척하려 했지만 어쩔 수 없이 볼멘 목소리가 새어 나왔다.

"쌤 말대로임다. 개가 달려드는데 누군들 안 놀라요? 아니, 잠깐. 그러니까 지금 개가 말한 거죠? 개가?"

검정개는 즐거워 어쩔 줄 모르겠다는 투로 대답했다.

"최소한 소년한테 확장현실이 낯설다는 건 검증한 모양인데? 방금 먹은 나노드론 덕분에 XR 영상을 보는 거잖아. 그러니 개가 말하고 춤추고 노래한들 이상할 거 하나 없다, 이 말씀이야."

"그런 소리 하기 전에 미안하다고 한마디 정도 하지?"

"아뇨, 쌤. 사과는 괜찮으니까 소개나 해주세요. 이름은 뭐, 네로? 쫑?"

나는 한숨을 내쉬었다. 개 아바타로 사람을 놀래곤 좋아하는 동료라니. 검정개가 앞으로 나서며 두 발로 일어났다. 키가 늘어나고 얼굴이 조금씩 변하더니 어느새 검은색 후드를 뒤집어 쓴 사람으로 변했다. 정말 제멋대로 잖아?

"자기소개 정도는 직접 해줄게. 이름은 재즈. 좋아하는 책은 『파우스트』, 좋아하는 음악은 뜻밖에도 재즈가 아냐. 특기는 방금 봤듯이 XR 코딩. 우리 셋 중에선 기술 부문을 맡을 거야. 질문?"

"재즈가 하는 말 다 믿지는 마. 괴테는 무슨, 이 자식, 책은 아예 안 읽는다고."

쌤이 덧붙였다. 난 살짝 심술을 섞어 물었다.

"재즈가 본명이에요? 네로하고 별로 다를 것도 없는 것 같은데? 게다가 처음 볼 때 정돈 직접 만나면 좋을 텐데요."

"본명은 또 뭐야. 이름이란 뭔지 진지하게 고찰해볼 게 아니라면 좋은 질문이 아니잖아? 게다가 난 이게 직접 온 거야. 언제 어디든 이렇게 간단 말이야. 오히려 아바타까지 썼으니 꽤 공들여 만난 셈이거든?"

"재미있어 보인다며 잔뜩 신난 녀석이 웬 생색이야. 그런 식이니까 네가 친구가 없지. 첫인상을 꼭 그렇게 말아먹고 들어가야 할까?"

"글쎄? 친구 없는 인생은 피차일반이시고. 게다가 이런 작전이야 즐기면서 해야 결과도 잘 나온다는 게 정설이거든. 이 한 몸 바쳐 천군만마 역할을 해줄 테니 팍팍 해봅시다!"

쌤이 핀잔을 줬지만 재즈는 기운차게 웃으며 말을 받았다. 아직 떨떠름하긴 했지만, 그 자신감만큼은 어딘지 마음을 든든하게 만드는 구석이 있었다. 어쨌든 이제부터는 J의 죽음을 함께 파헤칠 팀이잖아? 장난 정도는 애교로 받아줄 수밖에.

이렇게 한바탕 시끌벅적하게 소개를 나눈 뒤, 우리는 한자리에 모여 계획을 세우기 시작했다. 타협 없이 꼼꼼한 쌤, 다재만능에 두려운 것 없는 재즈. 엉망진창인 오피스텔도 위대한 역사를 시작하는 아지트처럼 보이기 시작했다. 정말 잘될지도 몰라, J. 열뜬 기대감으로 마음이 좀 부풀어도 어쩔 수 없잖아? 제대로 한번 해볼 수밖에.

4.
검증할 수 없는 가설은 계획범죄보다 나쁘다

쌤이 처음에 가설 운운한 뒤로, 짬 날 때마다 기억을 곰곰이 되짚었다. 잘 기억나지 않는 무언가가 계속 마음에 걸렸다. J가 그저 사고를 당한 게 아니라는 믿음도 바로 그 무언가 때문이었을 것이다. 그 사건이 일어나기 전, 우리가 무슨 이야기를 했지? 새로 나올 게임 이야기도 하고, 학교 친구들 이야기도 하고, 곧 들어갈 고등학교 이야기도 했지만, 떠올려야 할 그건 뭔가 다른 거였는데.

"아파트 어른들, 뭔가 맘에 걸리는 낌새가 있어. 꼭 전쟁이라도 날 것 같단 말이야."

어느 등교하던 길, 유난히 모래 씹은 표정이던 J가 말을 꺼냈다. 그래, 기억 밑바닥 깊숙이 파묻혀서도 줄곧 의구심을 놓지 못하게 만들던 건 바로 이 대화였어.

"사람이 살다 보면 말도 가끔 험해지고 하는 거지, 새삼 뭘 신경 쓰나?"

어깨를 으쓱하며 J에게 되물었다. 어른들이 서로 언성을 높이는 일이 점점 잦아지고 있다는 건 아이들끼리도 다 아는 공공연한 비밀이었다. 피차 부모가 다퉜다고 친구끼리 의 상하기 싫어 다들 모른 척할 뿐. 어른들 일이라면 곧 지나가길 바라며 기다릴 수밖에.

"본격적으로 피바람이 일어날지 몰라서 하는 소리야. 지난번에 우연히 들은 건데…."

J는 잠시 침을 삼키며 슬쩍 내 얼굴을 쳐다보고는 말을 이었다.

"아니, 아직은 확실한 게 아니니까 좀 더 알아보고 이야기할게. 그때엔 너도 도와주는 거다?"

"네가 일 벌일 때 내가 피한 적 있냐? 할 수 있는 데까지 해보자고."

그런 이야기를 했던 게 그 사건이 벌어지기 일주일 전이었던가, 더 됐던가. 이야기를 맺지 않았던 까닭도 있지만, 받아들이기 싫은 가능성을 떠올리게 했기에 무심코 잊었던 건 아닐까.

하지만 내 회상을 들은 쌤은 역시 브레이크 없이 찔러 들어왔다.

"그러니까 결론만 이야기하면, 아파트 주민 중에 J를 죽인 살인자가 있을지도 모른다는 거지? 자세한 내용은 여전히 공백이지만."

"진짜 말 살벌하게 한다. 뭐, 결론이야 그런 뜻이긴 한데, 좀 돌려서 부드럽게 표현할 수 없어요?"

조금씩 따듯해지는 2월, 우리는 쌤 오피스텔 테이블에 둘러앉아 짬뽕을 흡입하며 열띤 논의를 나누는 중이었다. 찾아올 때마다 잔소리를 한 덕분에, 방은 처음 봤을 때처럼 책이며 온갖 잡동사니가 켜켜이 쌓인 꼴을 면했다. 아니, 잔소리보다는 내 손으로 직접 치운 덕인가?

J의 1주기에 추모공원을 다녀온 후로 대략 한 달. 그동안 틈틈이 시간을 내 오피스텔 회의를 열었지만 아직 큰 소득이 없었다. 가장 큰 이유는, 글쎄, 가설이 번번이 '리젝트'당한 탓이었다. 강도도 아니야, 학교 폭력도 아니야, 그렇다고 자살도 아니고. 쌤과 함께 사실관계를 하나하나 따지다 보면 가설은 곧 폐기되곤 했다. 터무니없이 깐깐한 사람 같으니라고. 일단 뭐라도 시작해야 할 거 아니냐고. 하지만 조바심 날 때마다 쌤은 "너도 대충 정리하고 치울 생각은 아니잖아. 할 때 확실히 해야지." 하며 맘을 다잡게 만들었다.

"기대할 걸 기대해라, 소년. 네 선생은 그게 안 되는 사람이야. 나도 한두 번 뭐라 한 게 아니거든. 적당히, 스무스하게 좀 하자고."

재즈가 나와 쌤 머리 위에서 낄낄거리며 참견했다. 재즈는 허공에서 떠다니길 좋아했다. 벽이나 바닥을 뚫고 나타나는 기행에도 이젠 면역이 생겼다. 하지만 밥 먹는 데 머리 위를 돌아다니는 건 익숙함보단 예의문제 아냐?

그러지 말라고 몇 번을 이야기했지만 결국 이쪽이 포기해
야 했다.

쌤이 다시 말을 이었다.

"크흠. 뭐 표현은 어찌 됐든지 간에, 내가 보기에는 이
번 가설이야말로 파고들어볼 만한데."

"헉, 진심이에요? 강도 만났단 설은 안 된다면서?"

"그건 진작 이야기했잖아. CCTV 깔린 공원에서 누가
강도질을 해? 애초에 그런 장면이 카메라에 남았으면 경
찰도 사건을 다르게 수사했겠지. 하지만 그 친구가 아파
트에서 벌어지는 위험한 음모를 우연찮게 알게 됐다면?
당연히 범인은 사람 눈이며 렌즈를 일일이 피해가며 일
을 벌이지 않겠어?"

쌤이 설명하자 팔짱을 끼고 이야기를 듣던 재즈가 말
을 덧붙였다.

"그렇지, 그렇지. 순찰드론도 돌아다니는 마당에, 살인
자가 아직 안 잡혔다면 그럴 만한 노력을 한 거라고. 계획
을 세웠든, 뒤처리를 잘했든. 네 선생이 하는 것처럼 말이

지."

"엑, 역시 쌤, 계획범죄 저지른 일 있어요?"

"흠, 아직은? 아니지, 내가 애하고 맨날 붙어 있는 건 아니니까. 내가 모르는 데서 아주 계획적으로 큰일을 벌였을 수도 있지?"

쌤이 손을 휘휘 저으며 이야기를 끊었다.

"만담은 거기까지 하고. 뭐, 결국 살인범은 아파트 주민이 아니었고, 생각도 못한 이유로 일을 저질렀다는 가능성도 분명 있을 거야. 하지만 그런 거면 어차피 우리가 할 수 있는 일은 더 없잖아? 할 수 있는 일에 집중하자고. 논문 쓰자는 것도 아니니까, 일단 'J 살인범은 아파트 이웃이다' 그리고 'J는 단지 내 갈등 때문에 희생됐다' 정도로 가설을 세워보자. 이 정도 개연성이면 뭔가 시작하기 충분하겠지? 그럼 문제는 이걸 어떻게 검증하느냐인데."

"어차피 생각해둔 게 있지, 너?"

재즈가 끼어들자 쌤이 꾸짖듯 미간에 힘을 주고 쳐다봤다. 재즈는 시선을 피해 고개를 돌리며 어깨를 으쓱했다. 가볍게 한숨을 내쉰 쌤이 말을 이었다.

"생각이고 뭐고, 단서를 어떻게 찾느냐가 관건이잖아. 사건 자체도 1년이 넘었고, 또 우리가 경찰이 아니니 닥치는 대로 주민들 심문하고 다닐 수도 없는 노릇이고."

"아, 젠장. 가설 세우는 것까진 쉬운 일이었슴다. 이것만으로도 한 달 넘게 걸렸는데, 저 대학 졸업할 때까지도 끝장을 볼 수 있을지 없을지 모르겠어요."

반도 채 못 비운 짬뽕 그릇을 밀어놓으며 투덜댔다. 쌤은 차분히, 확실히 하는 게 더 중요하다고 늘 이야기하지만 더딘 듯만 하고 답답한 건 어쩔 수 없단 말이야. 쌤이 턱을 괴고는 다시 입을 뗐다.

"대학 생각은 하고 있었네? 여하튼, 내 말은 마땅한 방법이 없다는 게 아니라, 조금 위험한 수단을 써야 할지 모른다는 거지. 예를 들어서… 도청을 한다든지 말이야."

"조금은 무슨, 도청이면 본격적으로 경찰 아저씨 불러서 은팔찌 철컹철컹 할 일이구만. 그 문제는 제쳐둔다 치고, 누굴 엿들어야 하는지는 어떻게 알아? 베니스힐이면 몇 백 세대 될 텐데 집집마다 다 도청기를 설치할 수도 없고."

"빈집도 꽤 있어서, 사람 있는 걸로 치면 180세대 정도임다. 뭐, 그것만 해도 다 도청하기는 무리죠. 근데 설사, 혹시, 만약 한다 해도 필요한 걸 찾을 수 있어요? 살인범이 맨날 '내가 언제 누굴 죽였다.' 하면서 중얼거리고 다니는 것도 아닌데."

쌤이 씩 웃으며 말했다. 와, 진짜 근사한 미소.

"그러게. 좋은 지적이야. 그러니까 일단 하나하나 해보자는 거야. 은밀하고, 실행 가능하고, 성과도 거둘 수 있도록."

5.
자각 없는 모험 끝엔 누가 눈물을 흘릴까

"뭔가 두근두근하지 않아? 본격적으로 모험을 떠나는 기분이잖아. 비밀 던전에 숨은 퀘스트 아이템을 찾으러 말야."

"그래봐야 현실은 버스를 타는 것뿐이잖아요. 난 오히려 심부름 가는 기분인데."

"흥, 네가 느끼는 것보다는 훨씬 더 큰 모험일걸? 이 구역 암시장은 서울에서 제일 크고 험하다고. 소년은 꽤 위험한 짓에 발을 들이고 있다는 자각이 없다니까."

휴일 오후, 재즈와 함께 종로에 가는 중이었다. 재즈야 XR 아바타로 따라올 뿐인데, 이걸 같이 간다고 칠 수 있나? 어쨌든 암거래상을 만나 필요한 장비만 받고 돌아온 다는 계획이었다. 따지자면 위험한 일일지도 모르지. 하지만 상대를 만날 장소란 게 종로의 헌책방이었다. 무해하기로 치면 동네 빵집이나 단지 놀이터 정도 아닌가? 오히려 놀이터에서는 놀다가 넘어지면 무릎이라도 깨지지. 헌책방에선 뭐, 손가락이나 겨우 베일까?

내가 이웃 사이에 살인자가 있을지 모른다는 가설을 내놓은 날, 우리는 본격적으로 행동지침을 짜기 시작했다. 사건을 본격적으로 파고들 실마리부터 모아야 했다. 손에 든 카드라곤 J가 남긴 심상찮은 몇 마디뿐이니까. 쌤은 꽤 단언하는 투로 말했다.

"그래서 도청을 해야 한다는 거지. 이걸로 범인을 콕 짚자는 게 아니라, 더 파고들 단서를 모으기 위해서 말이야."

"그렇다 해도 엿들어야 할 사람은 어떻게 추려요?"

"그건 네가 알려줘야지. 아파트 내부자잖아."

"쌤, 저 같은 어린애한테 너무 의지하는 거 아니에요? 애초에 어른들 사정을 어떻게 알겠어요?"

"잘 알겠지. 스스로 깎아내리지 마. 애초에 고등학생이면 그다지 어린 것도 아니고. 게다가 아버지는 한 교수님, 명실공히 베니스힐 공동체의 영도자 아니신가? 어머니도 자치회인지 대표회인지 회장이시고. 그 슬하에 있다 보면 싫어도 알게 되는 이야기가 꽤 있을걸."

"입주자대표회의임다. 아니라고는 못하는데…. 아, 이런 거 꼭 호박씨 까는 거 같아서 싫단 말이에요. 아는 거, 팩트만 늘어놓을 테니까 정리는 쌤이 해주세요."

어느새 도청을 강행하는 방향으로 이야기가 흘러갔지만, 부탁하지 않아도 정리는 늘 쌤 몫이었다. 쌤은 이웃끼리 부대끼며 살면 자연스레 따라오는 자잘한 다툼 따위는 제쳐놓자고 제안했다. 곪은 상처가 더 아픈 법이라나? 살인씩이나 나려면 좀 더 뿌리 깊은 불화에 엮였을 가능성이 높다는 이유였다. 글쎄, 꼭 그럴까 하는 마음은 있지만, 일단 이렇게라도 시작하는 거니까.

이야기를 풀다 보니 쌤 말이 옳았다는 걸 깨달았다. 생각했던 것보다 내가 아는 게 많구나. 온갖 어두운 싸움과 사건 사고를 모아보니 갈등 구조가 제법 명확해졌다. 어렴풋이 알고 있었지만, 입주자대표회의를 중심으로 한 '엘리트' 그룹과 관리소장을 필두로 뭉친 '행동파'는 사사건건 충돌하며 으르렁댔다. 그 다툼 중심에는, 누가 서울 아니랄까 봐, 부동산 문제가 자리 잡고 있었다.

기술보호구역이 지정되자, 아버지는 여러 구역 중 베니스힐 아파트를 보금자리로 선택했다. 그런 아버지를 따라 베니스힐에 입주한 사람도 많았다. 그 중에는 특히 반생체칩 시위를 벌이며 과격한 행동을 일삼았던 자칭 행동파 극성 운동가들도 있었다. 전적이 전적인 만큼, 이들은 대부분 직장을 잃고, 새 일자리를 찾기도 어려운 형편이었다. 베니스힐 공동체는 이들이 일할 곳을 마련해주기 위해 함께 공동체 회사를 설립했다. 청소 업체, 쓰레기 수거 업체, 아파트 관리 업체 등등. 슬쩍슬쩍 들은 바로는, 이 사업체들은 베니스힐 아파트는 물론 주변 여러 공동

주택을 고객 삼아 그럭저럭 해나가고 있는 모양이었다.

하지만 서울 내 보호구역은 송파 베니스힐 하나만 남은 지금, 우리 단지에서도 구역 해체론이 스멀스멀 올라오고 있었다. 특히 아파트를 분양받은 주민들은 시간이 갈수록 보호구역으로 집값이 묶인 게 억울했고, 각종 매매 제한도 답답했다. 반면 아직 임대로 사는 이들로선 보호구역이 사라지면 난데없이 집을 잃을지도 몰랐다. 그 중에서도 행동파 구성원 입장에선 공동체 회사의 미래가 불확실해지면 밥벌이마저 불안했다. 애초에 회사를 세울 때 투자를 가장 많이 한 사람은 분양 입주민, 이른바 엘리트들이었다. 그 덕분에 불안감도 갈등도 긴장감도 더 날이 설 수밖에 없었다. 이 모든 상황이 한데 얽혀, 두 그룹은 베니스힐 공동체의 내일을 두고 신경전을 벌이게 된 것이다.

아파트 상황을 대강 정리한 후, 우리는 주요 인물을 추려 스물 몇 집을 골랐다. 거기에 관리사무소, 경비실, 입주자대표회의에서 곧잘 아지트처럼 쓰는 입주자문화센

터까지 더해 기어코 도청기를 심었다.

왠지 머릿속이 아뜩해졌다. 베니스힐 공동체가 처음 같
지 않다는 건 막연히 느끼고 있었다. 하지만 현실은 생각
이상으로 산산이 부서지는 중이잖아? 어느새 한숨이 새
어 나왔다. 역시 지금은 J 일에 집중해야겠어. 모든 게 너
무 복잡해.

옆자리의 재즈는 내가 듣든 말든 신나게 떠들고 있었
다. 생각이 너무 많아지려는 참이라 차라리 고마웠다.

"…그래서 텐서칩 자체는 사실상 블랙박스야. 너희 아파
트에 설치된 생체칩 차단망도 텐서칩 작동을 막는 건 아
니고. 텐서칩이 신경에 보내는 신호를 못 건드리는 대신,
외부에서 텐서칩으로 가는 신호를 제한해버리는 방식이
거든. 뭐, 텐서칩도 아무 명령 없이 작동하진 않으니까 효
과는 나쁘지 않아. 문제해결 방식으론 제법 영리하다고.

하지만 그 탓에 뒷문이 생겨버렸지 뭐야. 차단망을 우
회해 텐서칩에 접속할 수만 있으면 기술보호구역 안에서

도 확장현실을 쓸 수 있다는 뜻이지. 지금 우리가 가지러 가는 장치가 바로 그 바이패스 디바이스고."

"재즈, 그거 알아요?"

"뭘?"

"지금 이야기, 반도 이해 못하겠어요."

재즈는 고개를 절레절레 저었다. 이렇게 쉽게 풀어 설명했는데 모르겠다니, 어이없다는 표정이었다.

"솔직히 제대로 안 들었지? 무슨 생각을 혼자 그렇게 해? 나 외로워서 죽겠는데?"

"참, 재즈는 너무 시끄러워요. 대중교통 탈 때는 주변 배려해서 좀 조용히 해야 하는 거 아니에요?"

재즈는 다시 머리를 저었다.

"역시 아직은 XR에 익숙하지 않나 봐. 채널을 너한테만 열어놓았다니까? 지금 여기서 나 보이는 건 너뿐이야. 내 목소리도 너한테만 들리고. 그러니까 그런 꽉 막힌 에티켓은 너만 잘 지키면 돼.

애초에 말이야, 소년은 꼭 무슨 엄마 같다고? 방 정리해라, 버스 타면 조용히 해라, 에티켓을 지켜라. 이래라 저래라, 은근히 잔소리에 잔소리. 그게 다 너무 진지하게만 살아서 그래. 너도 그렇고, 네 선생도 그렇고 재미라는 걸 모른다니까, 정말."

투덜거리는 소리에 얼굴이 화끈거렸다. 남들은 지금 내가 혼자 떠드는 꼴로 보인다는 이야기잖아? 아니, 그런데 신경 쓰니까 확장현실을 낯설어한다는 소릴 듣는 걸까? 그래도 좀 억울한 평가였다. 나노드론을 삼킨 이후 XR에 빠르게 익숙해지고 있는걸. 아파트에서야 차단망 때문에 확장현실을 쓸 수 없지만, 학교에서나 이렇게 밖에 나왔을 때는 늘 확장현실에 둘러싸여 지내잖아. 괜한 반발심이 북받쳤다.

"나도 쌤만큼 점잔 떨지는 않거든요? 그냥 자리 봐가면서 행동하는 거지, 따지자면⋯."

"어허, 에티켓. 아, 이번 스톱에서 내려야 돼."

재즈가 중간에 말을 끊었다. 곧바로 버스가 정차하며 문이 열린 탓에 항변을 이을 새도 없었다. 보도에 발을 디

디며 서둘러 말을 이었다.

"그러니까 따지자면 저도 잘 노는 편이거든요? 성적은 좋지만 재미없는 인간이라는 소리는 안 들어봤는데…"

내가 듣기에도 초라하게 말꼬리가 흐트러졌다. 거리를 가득 채운 활기에 압도당한 탓이었다. 확장현실 광고며 상품이며 전시물이 거리를 빼곡하게 메웠고, 발랄한 음악이 머릿속을 직접 흔들었다. 뜻밖에 온갖 가판대가 늘어서 있다 했더니, 아니나 다를까 그것도 전부 XR이었다. 어라, 이 근처면 처음 온 것도 아닌데, 이렇게 흥성했었나? 하긴 그러고 보면 이전엔 나노드론이 없었다.

"텐서칩 없으면 서울 살아도 촌놈이야, 정말. 뭘 신기하다는 듯 두리번거리냐?"

재즈가 핀잔을 주며 말을 이었다.

"종로가 유난히 빽적지근하긴 해. 확장현실 특구로 지정된 이후론 확장현실 신제품은 다 여기서 시험한다던데?"

"여기서 신제품 나올 게 더 있어요?"

"지금 이 정도로 놀라면 어떡해? 원래라면 사람은 볼 수 없는 색, 맡을 수 없는 향기, 들을 수 없는 멜로디 뭐 그런 것도 조금씩 도전하는 모양인데. 조금만 지나 봐. 텐 서칩 없으면 아예 인간실격 취급당할 걸."

재즈는 낄낄대면서도 일일이 설명해줬다. 내심 고마웠지만 사사건건 잘난 척인 건 또 얄미웠다. 게다가 장난을 쉬지 않잖아. 길거리 광고판 글자를 바꾸질 않나, 지나가던 아저씨 머리 위에도 노란 민들레를 만들어 붙이고. 지나친 짓은 못 하도록 말리느라 진땀을 뺐다. 그러면 재즈는 낑낑대는 내 꼴을 보고 또 배꼽을 잡고.

티격태격하며 헌책방이 있다는 사거리에 들어섰다.

"이것도 안 된다, 저것도 안 된다면서 자긴 즐길 줄 아는 사람이라고? 내가 누구 다칠 짓 하는 것도 아니잖아!"

"꼭 피를 봐야 다치는 거예요? 내가 머리에 꽃 달고 다녔으면 민망해서 며칠은 고개를 못 들 텐데."

"흥, 몇 년 지나 봐. 머리를 꽃이나 새 둥지로 꾸미는 게 유행할걸? 그땐 아저씨가 전설급 선구자라고 유명해질 텐데? 그땐 너도 '아, 재즈는 앞을 내다볼 줄 아는구나.' 싶을 걸?"

무슨 말도 안 되는 소리를, 하며 시선을 돌리는데 저 멀리서 얼핏 익숙한 얼굴이 지나갔다. 베니스힐 관리사무소의 에스더 누나였다. 원래 어딘가 대학을 다녔다는데, 반 텐서칩 운동에 잘못 휘말려서 아주 퇴학을 당했다. 또 통신장비 점검을 도맡았는데, 그 덕에 베니스힐에서 유일하게 텐서칩을 쓰는 인물이었다. 어른들이 뭔가를 금지하고 허용하는 기준을 아직도 전혀 모르겠다니까.

어쨌든 에스더 누나는 늘 성이 나 있었다. 마음에 안 드는 일이 있으면 곧잘 우리 또래에게 화풀이했다. 억지로 심부름을 시키질 않나, 입도 험하고, 엉뚱한 데서 엄격하고. 게다가 자신과 의견이 다르면 금방 매도하고 나선다. 여하튼 대단한 인간이야, 진짜.

저쪽에선 날 못 보고 가는 참이었다. 문득 한 번쯤 저 인간을 골려주고 싶다는 마음이 치밀어 올랐다. 그럼 장난도 칠 줄 모른다고 날 샌님 취급하던 재즈에게도 되갚

아줄 말이 생기지 않을까. 나도 모르게 입꼬리가 올라갔던 모양이다.

"어라, 기분 나쁘게. 왜 갑자기 실실거리냐?"

"아, 왜요? 웃는 얼굴에는 침도 안 뱉는다는데 괜히 시비야. 저기, 빨간 셔츠에 까만 크로스백 멘 사람 보여요?"

"아는 사람?"

"싫은 사람."

"그래서?"

"장난을 안 치면 아주 몸이 쑤시죠? 기왕이면 저 사람을 놀려주면 좋겠다 싶어서."

재즈는 진심으로 놀랐다는 표정을 지었다. 그런 얼굴은 만나고서 처음이었다.

"어라? 소년, 어디 안 좋아? 어디 중간에 바꿔치기 당했나? 너 그런 말 하는 캐릭터 아니었잖아."

"계속 말했잖아요, 말 잘 듣는 착한 아이 취급하지 말라고. 어쨌든 저 누나는 좀 당해도 싸요."

짐짓 음흉한 목소리를 꾸며 대답했다. 재즈가 흐뭇한

미소를 지으며 물었다.

"즐기는 일이라면 무조건 찬성. 그래서 뭐 좋은 생각은 있어?"

"음, 재즈는 확장현실 건드리는 게 특기잖아요. 해킹도 가능하죠?"

"네 나노드론은 진작 손을 봤으니 어렵지 않지만 텐서칩은 그것보단 좀 까다롭지."

"얼마나?"

"2미터, 2분."

"갑자기 웬 2미터?"

"네가 2미터 안에 있어야 한다고. 네 머릿속 나노드론을 중계기로 쓸 거니까."

"에이 씨. 콜."

계획은 간단했다. 텐서칩을 해킹해서 화장실 남녀 표지를 반대로 보게 만들 생각이었다. 재즈는 그 정도론 시시하다는 표정이었지만 '너무 심한 짓을 하면 우리 일에 지장이 생길지도 모른다'며 잘 달랬다. 그리곤 재즈에게 시간을 벌어주기 위해 에스더 누나를 불러 세웠다. 종로에서 아는 사람을 만났으니 인사 정도는 할 법도 한데, 지나치게 놀라는 눈치였다.

"야, 요한! 너 여기서 뭐 해?"

"그냥 놀러 나왔어요. 이제 친구들 만나러 가는 중이에요. 누나는요?"

"아, 나는 일이 있어서. 괜히 사고 치지 말고 놀아. 확장현실 접속할 생각하지 말고."

꼬치꼬치 캐묻지는 않는군. 성적을 올린 이후로, 어른들은 내가 어디서 뭘 하든 대체로 '이유가 있겠지.' 하고 그냥 넘어갔다. 역시 공부한 게 허사는 아니었어. 도청기심을 때도 제대로 덕을 봤다. 스터디그룹을 만들자고 말만 꺼내도, 또래 있는 집은 바로 프리패스였단 말이지. 아쉽게도 중고등학생이 없는 집은 조금 더 수고를 들여야 했다. 그나마 엄마가 대표회의 회장인 덕분에 핑계 삼을 만한 이런저런 심부름이 잦았고… 정말 몰래 '침입'해야 했던 건 한두 집뿐이었다.

하지만 그런 것치고도 에스더 누나는 유난히 이야기를 빨리 끊으려 했다. 어딘지 불안한 눈치였다. 비밀 친구라도 만나러 왔나? 아니, 이유야 아무래도 상관없어. 어떻게 하든 2분은 벌어야 했다.

"참, 지난번에 우리 집 인터넷이 됐다 안 됐다 했던 거, KT에 전화해서 사람까지 불렀는데 또 말썽이에요. 게다가 우리만 그런 것도 아니던데요? 4층 사는 민규도 비슷한 소리를 했거든요. 통신실 쪽에 문제 있는 거 아니에요?"

"야, 내 일은 내가 알아서 잘해. 애초에 동네가 낡아빠져서 그러는 건데 내가 그걸 무슨 수로 고쳐?"

"에이, 기사님 이야기 들어보니 그렇지가 않던데?"

"뭐? 뭐라고 하든? 애초에 네가 말도 안 되는 소릴 했으니까 엉뚱한 말이 나왔겠지. 뭘 알지도 못하면서 왜 내 책임을 만들어, 응?"

자존심을 건드렸는지 바로 미끼를 물었다. 음, 그래도 다짜고짜 다그치는 소릴 이 악물고 듣고 있을 필요는 없지. 슬쩍 말문을 돌렸다.

"아, 알았어요. 제가 잘못 알았나 봐요. 난 또 그 일 때문에 수리 기자재 사러 오신 줄 알았지. 그럼 무슨 일이에요?"

"개인적인 비즈니스로 온 거니까, 넌 네 일이나 신경 써. 괜히 아파트 가서 여기서 나 만났다는 소리 떠벌리고 다니지 말고."

어라, 점점 더 수상쩍은데? 그때 재즈가 철수 신호를 보냈다. 벌써 2분이 지난 모양이었다. 작별인사를 하곤 멀리 숨어서 살금살금 에스더 누나의 뒤를 밟았다. 누나는 좁은 골목을 따라 잠시 걷다가 주변을 확인하고는 낡은 헌책방으로 쑥 들어갔다.

"어라? 우리가 찾던 곳이 저기 아니에요? 어쩌다 목적지가 겹쳤지?"

"남모르게 사고팔 게 있나 보지. 어디 보자."

재즈는 눈을 이리저리 굴리더니 다시 말을 이었다.

"이러자고 한 해킹은 아닌데, 텐서칩 통신 이력을 확인

했어. 오늘은 물건을 팔러 온 모양인데? 자기 건 아니지만."

"무슨 소리예요?"

"너희 아파트에 있는 확장현실 차단망 말이야. 베니스힐 여기저기에 설치된 재머jammer만 서른 몇 개거든. 그중 일부를 가져왔나 봐."

"그럼 이제 우리 아파트에서도 XR이 된다고요?"

"아니. 확인은 해봐야겠지만, 애초에 너희 단지 크기에 서른 개면 너무 많아. 네가 싫어하는 사람도 그걸 알았겠지. 위치만 잘 조정하면 일고여덟 개 정도 빼돌려도 차단망은 문제없어."

당혹스러운 비밀을 알아버렸다. 이걸 어떻게 해야 하지? 엄마한테 이야기하면 당장 아파트가 발칵 뒤집힐 것이다. 혹 쌤이 알게 되면 이걸 약점 삼아 어떻게든 써먹지 않을까? 에스더 누나가 싫긴 하지만 인생 박살 나는 꼴을 보고 싶은 건 아니란 말이야.

"어쩔래? 어차피 우리도 헌책방 가야잖아. 그냥 현장을 확 덮치자, 응? 사람들한테 다 까발리겠다고 하면 표정 진짜 볼 만할걸!"

"아뇨, 재즈. 누나는 그냥 장비 고치러 가다 들렀다고 둘러댈걸요. 그럼 뭐라 더 할 말도 없잖아요, 우린. 암시장도 모르는 척해야 하고, 텐서칩 해킹한 것도 숨겨야 하는데."

"뭐야. 맨날 네 선생 시키는 대로 하길래 머리는 안 쓰는 줄 알았는데, 제법 생각이란 걸 하네? 그럼 어쩔 계획인데?"

날 떠보는 모양이었다. 여기서 겁쟁이나 멍청이처럼 굴어선 안 된다, 이거지?

"이 건은 일단 우리만 알고 있어요, 재즈. 들이밀 증거도 좀 있어야 하고, 상황도 더 잘 맞아야지. 마시멜로 이야기 알죠?"

"으웩, 마시멜로도 싫고 마시멜로 이야기도 싫거든? 쳇. 모처럼 같이 놀 친구가 생겼다 했더니 순 쫄보였어."

"어라? 내가 다 그만두자고 했던가? 처음에 골탕 먹이

자며 계획했던 건 계속 해야죠. 아, 저기 나온다! 우리도 어서 볼일 보고 조심조심 따라가요, 어서. 이런 장난은 타이밍이 생명이라고."

우리는 허겁지겁 바이패스 디바이스를 샀다. 그러곤 몰래 에스더 누나를 뒤따라갔다. 편의점에 들렀을 땐 카페모카를 블랙커피인 줄 알고 사게 만들었고, 정류장에선 엉뚱한 버스를 타고 한 시간을 헤매게 했다. 재즈가 실력을 제대로 발휘했는지, 에스더 누나는 번번이 자기가 실수한 줄만 알았다. 그럴 때마다 우린 구석에 숨은 채 배가 아프도록 웃었다.

카페모카 때문인지, 아니면 피로감과 초조함이 겹친 탓인지 에스더 누나는 결국 지하철 화장실로 향했다. 재즈는 장난스럽게 손가락을 튕겼고, 누나는 별 생각 없이 남자화장실로 들어갔다. 곧이어 "끄앗" 하는 소리가 들렸다. 누나가 황망하게 화장실 밖으로 뛰쳐 나왔다. 우리 둘은 역을 달려 나오며 한참을 낄낄댔다. 뛰면서 웃었더니 배가 아파 그 자리에 주저앉아선 또 웃었다. 이상한 눈으로 쳐다보는 사람도 있지만, 뭐 어때. 눈에 고인 눈물을 닦으며 재즈에게 말을 걸었다.

"우리 좀 심했다. 그죠?"

"흥, 이만하면 순한 맛인데? 그래도 생각보단 제법 즐겼어. 재밌으면 그만이지, 뭘."

우리는 오피스텔로 돌아오는 버스에 올라타 실컷 웃고 이야기했다. 또 누가 싫은지, 어떻게 골려주면 좋을지, 좋아하는 음식은 뭔지, 싫어하는 음악은 뭔지 등등. 목소리가 제법 컸을지도 모른다. 하지만 에티켓도, 다른 사람들 시선도 이전처럼 신경 쓰이진 않았다. 오히려 정말 오랜만에 가슴이 시원하게 뚫린 기분이었다.

그래, 내일 또 무슨 일이 터질지 모르잖아. 오늘은 우선 재미있게 지내자, 재즈 말처럼. 그러고 나면? 또 J를 죽인 범인을 찾아 나서야겠지. 베니스힐 공동체가 산산이 부서지기 전에 말이야.

6.

안팎에서 무너지는 세계를 산책하는 법

선선한 밤바람이 꽤 상쾌했다. 살짝 열이 오른 심장을 식히기에 딱 좋았다. 이제부터 MDF실인지 통신실인지에 찾아 들어가, 텐서칩 차단장치에 바이패스 디바이스를 연결해야 했다. 말하자면 본격적으로 사보타지를 벌이는 셈이었다. 한동안 공부를 놓긴 했어도 딱히 비행이랄 짓에는 손을 대지 않았는데. 이제 와서 보니 일이 점점 커진 것 같기도 했다. 그야 우리끼리 살인자를 찾는 게 쉬울 수는 없겠지.

계획을 세우며, 재즈는 MDF실에 다녀오는 동안 아무에게도 들키지 않아야 한다고 강력하게 주장했다. 하지만 쌤은 한마디로 일축해버렸다.

"자기 사는 아파트 단지 돌아다니면서 뭐 하러 숨어? 관리동 근처에서만 남의 눈 조심하면 돼."

그야 그럴 것이다. 하지만 현관을 나설 땐 왜 도둑이 제 발 저린다는 건지 뼈저리게 느꼈다. 엄마가 이 늦은 밤에 어딜 나가느냐 물을 땐 나도 모르게 눈을 피하며 크로스백을 등 뒤로 숨겼다. 낯선 데 하나 없이 다정한 목소리라 더 그랬을지도.

"공부하다가 머리가 좀 안 돌아가서. 그냥 바람 좀 쐬고 올게요."

"그래, 너무 무리할 거 없어. 금방 들어올 거야?"

"네. 다녀오겠습니다!"

도망치듯 집을 나와선 괜히 재즈에게 투정을 부렸다.

"왠지 힘든 건 내가 다 하지 않아요? 지난번 도청기도 내가 다 달고. 역할 분배를 다시 한 번 논의해야 할 것 같아."

"그래서 내가 도와주잖아, 소년. 아파트 구조도 이 머릿속에 다 들어 있고, CCTV도 다 내 손 안이라니까? 혹시라도 이상한 소리 듣는 일 없게 할 테니 마음 편히 놓으라고. 어, 앞에 누가 지나간다. 인사해, 인사. 평소에 하던 것처럼!"

안내역, 오퍼레이터를 자청한 재즈가 장난기 섞인 투로 대답했다. 인이어로 목소리만 주고받고 있으니 얼굴은 볼 수 없지만, 분명 팝콘 타임을 즐기는 중일걸. 뭐, 이런 침투 작전을 할 사람이 나뿐이긴 해. 애초에 쌤도 재즈도 나 때문에 이 일을 시작한 거고? 게다가 쌤이 우리 아파트를 헤집고 다닐 순 없겠지. 재즈도 뭐… 아바타 너머 맨 얼굴은 본 적도 없으니까. 제대로 살아 있는 인간이긴 하겠지?

마주친 이웃 어른에게 짐짓 명랑한 목소리를 꾸미며 인사를 올렸다. 편안한 밤 산책은 보통 어떻게 하는 거였더라? 초조한 마음에 주변을 다시 둘러보곤 재즈를 불렀다.

"재즈! MDF실인지 어딘지, 거기 문이 열려 있는지는 어떻게 알아요?"

"모르지."

"아, 진짜! 그럼 문 앞에 도착했는데 딱 잠겨 있으면 어떻게 해요?"

내 당황한 목소리에, 재즈는 재밌어 죽겠다는 듯 낄낄댔다. 쌤이 끼어들어 사과하듯 설명했다.

"아, 미안. 요새 재즈가 장난이 더 심한 것 같아. 여하튼 열쇠 걱정은 안 해도 돼. 너한테 준 장비 가방에 보면 만능 키가 있다고."

"일 시작하기 전에 던질 질문을 어떻게 이제야 물어보냐? 하여간 헛똑똑이야."

"쳇, 그러게요."

빈정거리는 재즈에게 시원하게 되받아줄 말도 마땅찮았다.

"그리고 잊지 마! 나야 웃고 떠들어도 상관없지만, 넌 조심해야 돼. 사람들이 들으니까."

나도 모르게 고개를 끄덕끄덕하다가 피식 웃었다. 재즈는 목소리만으로도 옆에 있는 듯 존재감을 뿜는 재주가 있었다. 애초에 얼굴이라고 맞댄 것도 다 XR 영상이구나? 그럼 재즈 입장에선 오피스텔에서 만날 때나 지금 이야기하는 거나 별 다르지 않을지도 모르겠어. 그렇게 생각했더니, 사람 사이의 거리를 재는 기준이 왠지 미묘해졌다.

하긴 거리감 같은 건 진작 엉망이 됐다. 따져보면 도청 내용을 하나둘씩 들으면서부터다. 일주일에 한두 번 오피스텔을 찾아가면, 쌤과 재즈는 도청 기록 중 중요한 내용만 추려 들려주었다.

"다 들어보고 싶겠지만, 미성년자에게 아마추어 포르노를 건넬 수는 없으니까."

쌤은 변명처럼 덧붙이곤 했다. 나도 굳이 이웃의 은밀한 사정을 듣고 싶진 않았다. 게다가 걸러냈다는 내용도 마냥 듣기 편한 건 아니었다. 예를 들자면 엄마와 제법 친한 부부가 저녁식탁에 앉아 나눈 대화도 그랬다.

"그래서 안나 회장은 뭐래? 이삼 년만 지나면 보호구역

다 풀린다고 했잖아?"

"그렇게 간단한 문제가 아니잖아. 얽힌 사람도 한둘이 아니란 말야."

"그래도 이쯤 되면 회장이 무능한 거 아냐? 이 낡아빠진 집에 묶인 돈이 얼만데. 이럴 줄 알았으면 대전이나 파주 쪽으로 갈걸. 왜 이렇게 더딘 거래?"

"여의도하고 세종 쪽 사람들하곤 대충 다 협의했대. LH측하고도 이야기는 거의 마무리한 모양이고. 근데 당장 여기 단지 안에서 다른 목소리가 나니까 그게 걸림돌이란 거야."

"빌어먹을 밑바닥 인생들. 자기네가 임대 산다고 남 발목이나 잡고."

언제나 상냥하고 친절한 분들이었다. 단지에서 맡은 갖가지 일도 알뜰하게 잘 처리해왔고, 엄마도 이 가족을 은근히 많이 믿고 의지했다. 하지만 이젠 어떤 표정으로 인사를 나눠야 할지조차 알 수 없었다. 나름 친한 이웃마다 뒤에선 비웃고 욕한다고 생각하니 뒷목이 뻣뻣해지는 듯했다.

행동파 어른들도 예외가 아니었다. 거친 사람도 있어 나로선 좀 불편했지만 다들 아버지를 존경하고 따르는 줄 알았는데. 하지만 역시 열 길 물속은 알아도 한 길 사람 마음속은 모르는 법이다. 행동파 사람들은 곧잘 모여 열띤 논쟁을 벌였다. 그중에서 목소리가 가장 큰 사람은 자주 정문을 지키는 강 씨 아저씨였다.

"우리 아니었으면 보호구역이 가당키는 했습니까? 도맡아서 손 더럽혀온 우릴 이렇게 내팽개치다니, 가만있을 수는 없는 거 아니오, 형님."

'형님'이라 불린 남성이 끙, 앓는 소리를 내며 말을 받았다. 관리소장 아저씨였다.

"내가 말을 꺼내도 한 교수님 반응이 영 시원치 않다니까. 막상 나섰는데 교수님이 아니다 해버리면 아직 입장 못 정한 사람들까지 싹 다 돌아선단 말이야. 그렇게 되면 집도 일도 다 잃고 어쩔 건데?"

"이대로 보호구역 해제되면 어차피 다 나가리 아니오?

한 교수 네도 그렇고, 자기끼리야 돈 있으니 그대로 집을 샀다지만, 우리처럼 아직 임대로 사는 사람들은 지금 와서 지낼 곳을 새로 찾지도 못해요. 그러니 우리는 우리대로 똘똘 뭉쳐야죠. 교수님도 엉뚱한 소리 못하도록."

사람은 변해도 건물은 대부분 그대로다. 밤이지만 관리동 가는 길은 익숙했다. 저 너머에 3층짜리 나지막한 건물이 나타났다. MDF실은 1층, 방재실이나 장비실과 같은 층이었다. 그 위층은 아파트 관리사무소 겸 공동체회사 사무실이었다.

"헤이, 소년! 이제부턴 정신 바짝 차려야 돼. CCTV도 사람 눈도 피하고, 가능하면 흔적도 안 남겨야 한다고. 내가 지시를 내릴 테니까 제대로 따라와!"

재즈는 잔뜩 신난 목소리였다. 하지만 유쾌하게 대답할 마음이 들지 않았다. 2층이 환했기 때문이다.

"엑, 2층 사무실에 사람이 있나 봐요. 이 시간에 무슨 일이지?"

"알 게 뭐람. 어차피 올라갈 일 없잖아? 조용히, 슥삭 해치우고 나오라고. 아, 그쪽으로 가면 CCTV에 나오겠다. 왼쪽 화단 뒤로 돌아가도록. 누가 지나가기 전에 빨리!"

지시에 따라 화단 뒤를 웅크리고 지나가다가 그늘진 벽에 따라붙었다. 멀리서 도란도란 이야기하는 소리가 다가왔다.

"어르신들이 산보 나오셨네. 이 근처에선 눈에 띄어서 좋을 거 없어. 지나가면 신호 줄 테니까 그때까지 조용히 기다려."

재즈 말대로 숨을 죽였다. 이를 앙다물고 있자니 바람도 찬데 식은땀이 흘렀다. 대화 소리가 조금씩 커지다 곧 멀어졌다. 신호가 떨어졌다. 살금살금 관리동 정문으로 향하는데 재즈가 급하게 불러 세웠다.

"야, 스톱! 정문은 CCTV가 보고 있어서 돌아가야 돼. 복도 쪽 창문으로 넘어 들어가. 들어가서 오른쪽, 계단에 제일 가까운 문이야."

"그런 건 좀 일찍 이야기해줘야죠, 재즈. 창문이 잠겨 있으면 어쩌려고요? 너무 작으면 또 어떡하고?"

"도면으로 보면 크기는 충분할 거야. 잠겨 있으면 다른 길로 안내해줄게."

"은근히 주먹구구야, 진짜."

"피차일반이지."

다행히 창문은 부드럽게 열렸다. 낑낑대며 기어 넘어가 어두운 복도를 디뎠다. 폰으로 조명을 비춰가며 MDF실 문 앞에 도착했다. 가방에서 플라스틱으로 만든 열쇠 장치를 꺼냈다. 정말 이름처럼 생긴 물건이었다. 그 순간, 문손잡이 위 디지털 도어락이 눈에 들어왔다.

"아, 씨. 어떡하죠? 이거 도어락이라서, 열쇠가 아니라 비밀번호가 필요한데요?"

"비밀번호가 아니라 다른 도구가 필요하지. 가방 안쪽 주머니에 보면 OTP 카드 비슷한 게 있을 거야."

다시 가방을 뒤져 노란색 카드를 꺼냈다. 카드 한쪽 면에 전자잉크 디스플레이가 있고, 그 바로 옆에 납작한 버틈이 있었다.

"도어락에 키 카드 대는 곳 있지? 거기에 카드를 대고 버튼을 눌러."

하지만 도어락은 묵묵부답이었다.

"반응이 없어요. 슬슬 뒤통수가 따가워서 빨리하고 싶은데."

"보채지 말라고. 도어락 기종마다 채널을 조금씩 다르게 조정해줘야 한단 말야. 디스플레이에 코드가 떴지? 읽어봐."

재즈가 시키는 대로 채널을 바꾸며 몇 차례 더 시도했지만 문은 열릴 줄 몰랐다. 시간은 흐르고, 초조함은 짙어져갔다. 살짝 짜증이 나려던 참이었다.

"요한! 2층에서 누가 내려온다. 움직여!"

쌤 목소리에 반사적으로 몸이 움직였다. 잽싸게 창문을 넘어 벽 아래 그늘에 몸을 숨겼다. 이윽고 계단을 내려가는 발걸음이 들렸다. 정문이 열렸다 닫히는 소리와 함께 우리 셋은 함께 한숨을 몰아 내쉬었다.

"으아, 망하는 줄 알았네. 내가 아무리 천재라도 누가 야근을 언제 마칠 줄은 알 수가 없단 말이지. 2층 불도 꺼졌으니까 이제 마음 좀 놓고 하자."

재즈의 너스레에 힘입어 다시 창문을 타넘었다. 다시 한 번 채널을 수정하고 카드를 대려는 순간, 내가 들어온 창 쪽에서 목소리가 들렸다.

"야, 인마. 여기서 뭐 하나?"

나는 고개를 획 돌렸다. 창 너머에서 에스더 누나가 뚫어지듯 쳐다보고 있었다. 가슴이 미친 듯 달렸지만 애써 웃음을 지었다.

"어라, 누나? 누나야말로 이 시간에 뭐 하세요?"

"흥, 야근 끝내고 퇴근하는데 낌새가 이상하더라고. 생전 열어둔 적 없는 창이 열려 있잖아? 그래서 넌 뭐 하는데, 지금?"

2층에 있다가 내려온 사람이 에스더 누나였구나. 귓속에선 재즈가 시끄럽게 비명을 질렀다. 쌤은 재즈를 조용히 시키곤 급하게 말을 이었다.

"미안. 계속 CCTV를 감시했는데, 저쪽도 사각 쪽으로 왔나 봐. 어떻게든 얼버무리고 시간을 끌어봐. 바로 백업 플랜을 세울게."

하지만 이 상황에서 뭘 어떻게 얼버무릴까? 잡아먹힐 듯한 눈빛 앞에선 시간을 끌기도 어려울 듯했다. 하물며 쌤이라고 뾰족한 수가 생길 리도 없을 것 같았다. 어느새 누나는 짜증을 내며 창문을 넘어 들어왔다. 손이 닿는 거리, 이젠 도망갈 곳도 없었다.

번뜩 한 가지 발상이 머리를 스쳐 지나갔다. 야비한 짓일지 모르지만 가릴 처지가 아니었다.

"며칠 전이지? 종로에서 마주쳤잖아요? 그러고 나서 우연히 누나가 헌책방에 들어가는 걸 봤거든요."

에스더 누나의 표정이 살짝 흔들렸다. 좋아, 이건 먹힐지도. 밀어붙인다. 이젠 다른 선택지도 없다.

"근데 친구가 거기 좀 수상한 데라는 거예요. 그래서 이래저래 알아보니까 장물 거래도 한대요, 그 헌책방. 특히 종로에서 희귀한 전자장비는 꽉 잡고 있다나."

인이어 너머로 누군가 침 삼키는 소리가 들렸다. 에스더 누나가 이를 갈 듯 내뱉었다.

"이 새끼가 지금 무슨 소리야? 그래서 뭐, 내가 뭘 훔쳐다 팔았다는 소리야, 지금?"

"갑자기 그런 말씀을 하시면 없던 확신도 생기는데요? 그냥 구하기 힘든 물건 찾으러 갔다든지, 델 이유야 많을 텐데. 진짜 아파트 장비를 팔아넘겼어요?"

"지랄."

"그렇잖아도 요새 인터넷도 이상하잖아요. 그래서 통신실이 멀쩡한지 확인해보고 싶었어요. 혹시 사라진 장비가 있는지도 확인하고."

"자꾸 개소리 지껄이면 죽는다. 내 일은 내가 알아서 한다 했잖아! 하아, 그냥 빨리 집에 기어 들어가라, 응? 몰래 들어온 건 아무한테도 말 안 할 테니까."

거친 말투로 불안을 숨기려는 기색이 역력했다. 지난번 종로에서도 그렇고, 뭘 숨기는 게 은근 서툰 모양이었다. 마지막으로 한 번 더 몰아붙여야 했다.

"괜찮아요? 저 이대로 집에 가면 부모님께 다 이야기할 거예요. 야밤에 관리동 숨어들었다고 혼쭐이 나겠지. 그래도 엄마는 내 말이 진짜인지 확인은 다 할 거란 말이에요. 진짜 그렇게 돼도 좋아요?"

때마침 쌤이 메시지를 하나 보냈다. 상황에 쐐기를 박기에 딱 좋은 내용이었다.

"어, 마침 친구한테서 연락이 왔어요. 어제 그 헌책방에서 XR 차단망 부품을 찾았대요. 그것도 다섯 개나. 우리 아파트에서 나온 물건은 아니겠죠?"

조명이 어두웠지만 누나 얼굴색이 새파랗게 질렸단 건 알 수 있었다. 말문이 막힌 모양이었다. 아, 결국 누나가 벌인 일이니 자업자득이겠지만, 그렇다고 누군가를 이렇게 짓밟고 싶지는 않았는데. 하지만 여기까지 온 이상 필요한 걸 얻어 가야 했다.

"제 말대로만 하면 아무한테도 말 안 해요. 일단 MDF실 열어주세요."

협박이라니. 막상 말을 입 밖으로 꺼내고 나니 죄책감

에 가슴이 쿡쿡 찔렸다. MDF실에 들어가며, 종로에서 구해 온 바이패스 디바이스를 가방에서 꺼냈다. 그러곤 재즈가 가르쳐주는 대로 차단장치에 연결했다. 이제 관리동을 중심으로 자유롭게 텐서칩을 쓸 수 있는 구역이 생긴 셈이었다.

"이제 됐지? 도대체 뭘 하려는 거야?"

"…나쁜 짓 하는 건 아니에요. 우리 둘 다 오늘 일은 비밀인 거 맞죠?"

"좋아. 상관 안 할 테니까 비밀은 꼭 지켜라. 나도 너 죽고 나 죽자고 싸우긴 싫거든."

누나는 애써 침착한 척 허세를 부렸다. 쌤이 또 메시지를 보내왔다. 그럴 것까지 있나 싶은 요청이었지만, 만에 하나의 변수까지 치우고 싶은 모양이었다. 어깨를 으쓱하며 누나에게 한 가지 덧붙였다.

"참, 그리고 임원회의 기간엔 휴가라도 다녀오시면 좋겠는데. 부모님 댁이라든지요."

누나는 질렸다는 표정으로 '그러지 않아도 그럴 셈이

었다'고 응수했다. CCTV를 피해 다시 창문으로 나온 우리는 피차 긴장감을 품은 채 인사를 나눴다.

멀어져가는 누나의 뒷모습을 지켜보던 나는 제자리에 주저앉아 깊은 안도의 한숨을 내쉬었다. 인이어 너머로도 맥 풀린 웃음소리가 들렸다. 쌤과 재즈도 긴장이 풀렸는지 한결 가벼운 목소리였다.

"에이, 쌤. 아직 끝난 건 아니잖아요? 조심히 집에 들어가야 함다."

"그래, 그렇지. 마지막까지 집중해야지. 그래도 아깐 정말 잘했어. 자랑스러울 정도야. 솔직히 절망적이었는데."

"그래서 내가 말했잖아? 처음엔 재미없는 놈인 줄 알았는데, 꽤 매운 구석이 있더라니까. 방금은 진짜 재밌었다, 야."

쌤은 물론, 재즈까지 드물게 칭찬해오니 흥이 올랐다. 죄악감은 슬며시 떠밀려가고 마음은 한결 가벼워졌다. 이번 단계에서 어려운 부분은 끝났다. 남은 건 타이밍을 맞춰 유령을 부르는 일인데, 그건 내 역할이 아니었다.

유령 소동이라, 딱 재즈 취향이긴 해. 작전이야 함께 세 웠지만, 처음에 아이디어를 던진 사람은 역시 재즈였다. 종로 헌책방을 방문하기 얼마 전이었다.

우리는 몇 주간 도청하며 사건의 내막을 알 만한 사람들을 거의 추려냈다. 베니스힐의 갈등을 이끌어가는 주민들, 필요하다면 극단적 결정이라도 내릴 인물들이었다. 하지만 역시 결정적인 증거는 건질 수 없었다.

"요주의자 리스트는 나왔잖아? 조금 더 밀어붙이면 뭐가 나오지 않을까? 자극을 좀 주자는 거지."

"대체 어떤 자극을 줘야 우리가 필요한 증거가 튀어나올까요?"

"뭐가 됐든 사람들이 모여 있을 때가 좋겠는데. 그래야 충격도 크고, 반응을 살피기에도 좋을 거야."

때마침 조만간 공동체 총회가 열릴 참이었다. 그 일주일 전엔 공개 임원회의도 예정되어 있었다. 명목상으론 안건과 발제자를 정하고, 자료를 정리하며 총회를 준비하는 자리였다. 하지만 이번 총회가 보호구역 해제를 두고 공동체의 미래를 정하는 분수령이 될 가능성이 높았다. 그러니 공개 임원회의에서도 일종의 전초전, 치열한 기 싸움이 벌어질 듯했다.

우선 도청과 소소한 해킹으로 정보를 모았다. 덕분에 우리 리스트에 오른 사람은 한 명도 빠짐없이 임원회의에 참석한다는 걸 알아냈다. 사람이 너무 많은 총회보단 공 개 임원회의를 노려 충격요법을 쓰기로 했다. 그러곤 요주 의 인물을 집중적으로 추적해, 어떤 반응을 보이는지 확 인할 생각이었다.

"그래서 어떤 자극을 줄까? 피해자 본인이 등판하면 딱 좋겠지만 그야 무리일 테고."

"어, 잠깐. 그거 최곤데? 확장현실을 써서 J가 딱 등장하 게 하면 지리겠는데? 베니스힐 사람들은 소년처럼 다들 XR에 익숙지 않을 거 아냐. 충분히 자극적일걸? 나도 작 업할 맛이 날 테고."

쌤이 가볍게 던진 말을 재즈가 제대로 받았다. 그 뒤로 우리는 주민들 동향을 계속 주시하며, 아파트 도면 조사하랴 바이패스 디바이스 수배하랴 바쁘게 움직였다. 특히 재즈는 확장현실로 J를 재구성한다며 분주했다.

그로부터 얼마 뒤, 나는 쌤 오피스텔에서 J를 다시 만났다. 진짜 살아 있는 건 아니었지만 웃고, 움직이고, 말까지 했다. 사실 계획을 짤 때부터 못내 기대했는데. 나도 모르게 손을 뻗다가 확장현실인 걸 깨달은 순간, 고통이 밀려왔다. 손끝에서부터 거칠게 밀려온 박동이 가슴을 가득 채우곤 곧 온몸으로 터져 나오는 듯했다.

뭐, 실제로 터진 건 눈물, 콧물 섞인 흐느낌이었지. '아, 쌤한테 이런 얼굴 보이고 싶지 않은데.'라든지, '재즈는 두고두고 놀리겠지.' 같은 생각이 머릿속을 스쳤다. 사람이란 어떤 상황에서든 딴생각이 나는 모양이다. 쌤은 어깨를 끌어안아주고, 뜻밖에 재즈도 마음을 추스를 때까지 말없이 기다렸다. 그러고 보니 웬일로 테이블에 티슈가 있더라니. 이럴 걸 내다보고 있었던 모양이다.

내가 좀 진정한 뒤, 재즈는 분위기를 바꿔 신나게 프레

젠테이션을 해 보였다.

"공개회의 중에 뭔가 기묘한 공기가 흐를 때! 유령이 사람들 앞에 딱 나타나서 의미심장한 말 한마디를 던지는 거야. '도와줘'라든지 '안 돼'라든지. 물론 자칫하면 삼류 홀로그램쇼처럼 보이겠지? 그러니 밑밥을 좀 깔아줘야지. 시스템 에어컨을 해킹해서 좀 쌀쌀하게 만들고, 알듯 모를 듯 불편하게 이명처럼 웅웅거리는 소리도 좀 들려주고. 시야도 살짝 흐릿하게 만들어주는 게 좋으려나? 그런 조건 몇 가지만 맞추면 누구나 쉽게 공포를 느끼거든."

재즈는 실제로 사람들 눈이나 귀가 상하는 건 아니라고 덧붙여 장담했다. 하지만 여전히 풀리지 않은 의문이 있었다. 확장현실을 쓰는 것도 좋고, 그러기 위해 차단장치를 건드리는 것도 알겠어. 그런데 아파트 주민들은 텐서칩이 없잖아? 그러면 사람들이 어떻게 유령을 볼 수 있을까?

"언제 물어보나 했네. 사실 그런 일도 있을까 해서 진작 준비해놓은 게 있었어. 네 선생이 미리미리 수고해놨다고."

"웅, 재즈 말대로야. 종종 너희 집에도 차나 과자를 선물하곤 했잖아? 그렇게 먹을 걸 여기저기 여러 차례 선물했거든. 경비실에도 에너지드링크를 곽으로 가져다주고. 다 나노머신을 심어놓은 거야. 네가 먹었던 거랑 같은 걸로."

그걸 이제 이야기한다고? 내가 어지간히도 어이없다는 표정을 지었던 모양이다. 쌤은 민망한 얼굴로 변명했다.

"꼭 쓸 거라곤 생각 안 했어. 게다가 나노머신을 몰래 투여하는 건 도청하곤 비교도 못할 강력범죄니까. 혹시 일이 어그러졌을 때 네가 이 건까지 책임지게 할 순 없다고. 넌 이 일은 몰랐고, 동의도 안 한 거야. 오케이?"

"왜 일이 이렇게 커지는 거예요? 통제할 수 없게 되면 그 후폭풍을 어떻게 다 감당하려고?"

머리를 감싸 쥐며 되물었다. 우리가 벌이고 있는 짓이 얼마나 위험한 일인지 뼈저리게 다가왔다. 벼랑으로 몰리는 느낌에 뒷목이 서늘했다. 차라리 계속 몰랐다면, 하는 두려움이 고개를 내밀었다. 쌤과 재즈가 이렇게나 위험한 일을 숨겼다는 건 분했다. 하지만 J 사건을 파헤치는 건 내 소망이었잖아. 둘을 괜한 구렁텅이로 끌어들인 건 다름 아닌 나일지도 몰라. 위기감과 섭섭함, 미안함이 섞여 마음을 종잡을 수 없었다.

"이제 우리, 빼도 박도 못할 범죄자네요. 잘못 걸리면 인생 끝나겠는데요. 어쩐지 재즈야 어떻게든 빠져나갈 것 같고, 나야 J 일이니까 그렇다 쳐요. 쌤은 왜 이렇게까지 하는 거예요?"

뜻밖의 질문이라는 듯 쌤은 잠시 말을 골랐다.

"처음에 네 이야기를 들었을 때부터 좀 과몰입했나 봐. 나도 누굴 잃고서 왜, 어떻게 그렇게 됐는지 속 시원히 알 수 없었던 적이 있거든. 그래서 마음 정리도 제대로 못 했고."

"…누군지 물어봐도 돼요?"

"외삼촌. 나노머신 알약도 사실 그 사람이 개발한 거야. 시판용으로 내기 전에 갑자기 세상을 뜨고, 프로젝트도

엎어졌어. 이젠 암시장에서나 구할 수 있을걸."

쌤 얼굴에 짙게 드리운 그림자가 쓸쓸해 보였다. 뭐, 이미 벌어진 일인데다 어쨌든 날 생각했던 점도 있단 소리잖아. 마음 한구석에 불안감이 남았지만 더 추궁할 생각은 들지 않았다. 결국 김빠진 한마디를 끝으로 힐난은 그만둬버렸다.

"좋아, 알았어요. 앞으로 다시는 뭐 숨기거나 속이지 말아요."

그날 쌤이 뭐라 대답했더라? 하지만 씻고 방에 들어와 앉았더니 피로가 몰려왔다. 큰일도 치렀고, 긴장이 풀리고선 쌤과 재즈하고 한참을 웃고 떠들기도 했다. 그 탓에 생각했던 것보단 조금 늦게 귀가했고. 그래도 엄마는 싫은 소리 한마디 하지 않았다. 오히려 차라도 한 잔 내려주신다는 걸 나노머신이 떠올라 사양했다.

이젠 셋이 벌여놓은 이 일이 어디로, 어떻게 흘러갈지 상상하기도 어려웠다. 다만 끝이 다가왔다는 예감만은

강렬했다. 나에게도, 쌤이나 재즈에게도 만족스러운 엔딩을 맞이하면 좋겠는데. 그런 마지막을 선택할 수 있는 힘이 나에게 있으면 좋겠는데.

7.
경고를 받아도 속는 게 좋은 거짓말

돌아보면 관리동에 잠입하며 모험을 벌인 그날이 마지막 갈림길이었다. 피곤에 절어 곯아떨어지기 직전, 재즈가 느닷없이 연락해왔다. 아까 그렇게 떠들어놓곤 무슨 할 이야기가 더 남았을까?

"어이, 소년! 방에는 잘 들어갔어? 많이 혼났어? 아직 침대야?"

"순서대로 네, 아니오, 네. 오늘 할 게 더 남았어요? 아니면 이제 쉬어야겠는데. 쌤은 옆에 있어요?"

"네 선생도 쉰다고 들어갔지. 난 아직 좀 들떠서 더 놀고 싶은데."

"안 돼요."

"야, 너나 개나 참 정도 없어. 외로워서 죽어버릴 것 같다니까."

내가 킥킥대며 웃는 소리 너머로 재즈가 말을 이었다.

"뭐, 됐어. 수고 많았으니까 이만 놓아줄게. 오늘은 좀 상냥한 기분이야."

"에이, 이야기하는 정도면 좀 더 괜찮아요. 괜히 그래본 거지. 오늘 고마웠어요."

"흥, 피차 잘 놀았지, 뭐. 어쨌든 우리한테 너무 기대지는 마."

재즈는 어쩐지 좀 뜸을 들이다 말을 이었다.

"너무 믿지도 말고. 이따 파일 하나 보내줄게. 그냥 내 변덕이니까 확인 안 해도 상관없어. 나도 갈란다. 바이!"

변덕이야 하루 이틀도 아니면서 새삼스럽게, 또 무슨 장난을 치려고? 통신을 끊은 척하곤 몰래 지켜보며 키득거리는 모습이 떠올랐다. 이걸 또 어울려줘야 하는지 고민하는 사이 잠시 잊었던 피로가 몰려왔다. 덕분에 재즈의 변덕 따위는 까맣게 잊고 그대로 잠들었다.

다음 날은 수학 과외가 있는 날이었다. 언제부터인가 과외는 일상과 비일상 사이에 선 경계석이자 교차로였다. 그리고 쌤은 나를 일상에서 비일상으로 끌어올리는 길잡이이자, 날 현실에 단단히 붙잡아두는 닻이었다. 다시 말해, 도청기를 심고 암시장을 오가며 온갖 모험을 벌였어도 과외 수업만큼은 빡세게, 제대로 했다는 이야기다. 요령이 없달까, 본분에 정직하달까.

그런 사람이 이날은 밖에서 보자고 말을 꺼냈다. 하루 정도는 수학 공부 대신 S대를 견학하자는 이야기였다. 가끔씩 동기부여가 중요하다며 엄마에게도 벌써 이야기해둔 모양이었다. 어쩐지 비일상에 조금 더 끌려들어가는 느낌이었다.

경계가 삼엄한 S대 정문을 쌤과 함께 지났다. 캠퍼스 군데군데 초소가 서 있었다. 대운동장을 지나며 쌤이 무심한 듯 물었다.

"특별히 보고 싶은 데는 있어?"

"글쎄요? 학교가 상상했던 것보다 훨씬 크네요. 일단 학생회관하고 쌤 학부 정도?"

XR로 캠퍼스 안내지도를 띄우고는 쌤을 따라 학교를 구경했다. 사회과학대, 법대를 지나 학생회관이 나왔다. 그 건너편은 중앙도서관이었다. 조금 더 올라가면 인문대, 그러니까 쌤이 몸담은 역사물리학과가 자리 잡은 곳이었다. 인문대 근처 레스토랑에서 저녁을 먹고는 금방 돌아가겠거니 했다. 그런데 쌤이 살짝 망설이는 표정을 지어 보이며 물었다.

"조금만 더 시간을 내줄래?"

잘생긴 얼굴에 그늘이 졌다. 난 흔쾌히 그러자며 쌤을 따라나섰다. 버들골, 기숙사를 지나 연구 단지에 이르렀다. 건물들이 마치 성전처럼 거대했다. 점차 해가 저물며 그림자가 길게 늘어졌다. 쌤은 구석진 곳 가로등 앞에 멈춰 섰다. 그러곤 언제 꺼냈는지 흰 국화 한 송이를 가로등 아래 내려놓았다.

"외삼촌이 돌아가신 채 발견된 게 이 앞이야. 가끔 생각나면 찾아오는데, 꽃 들고 온 건 처음이네."

뜻밖에 무거운 이야기였다. 무슨 말을 해야 할지 몰라 머뭇대는데 쌤이 씩 웃으며 말을 이었다.

"베니스힐에서 이렇게 일 벌이는 거, 나로선 삼촌을 기리는 거잖아. 그래서 너한테 고맙고 미안하다고 말하고 싶어서."

아니, 고맙고 미안할 건 난데. 쌤이 아니었다면 나는 여태 방향 없는 분노로 시들어갔을 테니까. 나 때문에 쌤은 위험도 수고도 떠안았으니까. 스스로도 그걸 알면서 굳이 감사에 사과까지 해온다. 가끔은 귀여울 정도로 성실한 사람이야, 정말. 나는 확장현실 플랫폼에서 흰 백합을 찾아 꺼내 들었다. 그러곤 그 꽃을 쌤의 국화 곁에 내려놓았다.

"좋아요. 어차피 S대는 한 번쯤 오고 싶었습다. 쌤 삼촌, 저도 같이 추도하는 거예요. 그럼 최소한 미안할 건 없는 거죠?"

잠시 멈칫한 쌤은 별말 없이 내 머리를 쓱쓱 쓰다듬었다. 곧 후문을 나와 돌아오며, 우리는 줄곧 학교며 공부 이야기를 나눴던 듯하다. 하지만 집에 도착할 때까지, 내 생각은 쉽게 풀 수 없을 과제에 온통 사로잡혀 있었다. 누구나 자기 슬픔을 지고 가야겠지만, 꼭 혼자 다 짊어질 필요는 없을 텐데. 내가 어떻게 하면 이 사람이 조금은 더 의지할 만한 어른이 될 수 있을까? J 사건을 해결할 때면 그 힌트라도 발견할 수 있을까? 전에 없던 소망과 기대가 가슴속을 간질였다.

며칠 뒤. 공개 임원회의는 저녁 여덟 시에 시작했다. 회의 상황은 쌤하고 재즈가 CCTV며 도청기로 확인할 예정이었다. 물론 나도 내 방에서 같은 영상을 볼 수 있었다. 하지만 CCTV 너머로는 XR 영상이 안 보이잖아? J가 등장하는 장면 정도는 직접 보고 싶었다. 관리동 회의실 창은 제법 크니까, 몸 숨길 곳만 잘 찾으면 쌍안경으로 훔쳐봄직했다. 소리는 인이어로 듣고. 이런 것까지 쌤과 재즈에게 보고할 필요는 없다 싶었다. 조용히, 슬금슬금 집을 나왔다.

회의 시작은 차분했다. 하지만 보호구역 이야기가 나오면서 분위기가 점점 뜨거워졌다. 비난 섞인 설전이 오갔다. 사람들 얼굴도 벌겋게 달아올랐고, 잘 아는 얼굴들에 낯선 표정이 서렸다. 한기가 등을 타고 흘렀다. 불안감이 슬금슬금 올라왔다.

아마 재즈가 아파트 사람들 머릿속 나노머신을 활성화했을 때쯤이었다. 한순간, 회의실에 심상치 않은 공기가 흘렀다. 회의 진행자, 그러니까 아버지 뒤에 웬 형상이 나타났다. 처음엔 희미하게. 눈으로 보면서도 확신할 수 없을 만큼 모호하게. 그 형체는 아주 천천히, 몸을 일으키듯 솟아오르며 서서히 뚜렷해졌다. 회의장이 술렁이기 시작했다. 모든 눈이 자신에게 모이자 유령은 짧게 한마디를 내뱉었다. 속삭이듯 귀에 직접 울리는 목소리였다.

"살인자."

다음 순간, 유령은 흩어지듯 사라졌다. 회의장은 엉망

이 됐다. 여러 사람이 잔뜩 굳은 표정으로 회의장을 떴다. 비명을 지르는 이도 있었다. 강 씨 아저씨는 누가 장난질을 한 거냐며 목청을 높였다. 해명을 요구하는 소리가 빗발쳤다. 임원들은 소란을 제지하려 애썼다. 하지만 아웅다웅하는 소리에 파묻혔다.

난 회의 따위 어떻게 되는지 중요하지 않았다. 그 자리에 나타났다 사라진 유령은 J가 아니었다. 낯설지만 어딘지 쌤을 닮은 얼굴. 그가 누군지 곧바로 알 수 있었다.

8.
믿던 도끼는 어떻게 발버둥을 치나

계획 단계에서 어느 정도 예상했듯, 회의는 파투났다. 회의장에서 시작한 실랑이는 곧 더 큰 싸움으로 번질 참이다. 피를 볼지도 모른다. 그렇게 되면 경찰이 개입할 터. 그 전에 일을 마무리해야 한다.

도청기를 통해 온갖 소리가 쏟아져 들어왔다. 대부분 쓸모없는 내용이리라. 이럴 때를 대비해 진작 재즈에게 필터링 프로그램을 부탁해두었다. 그 덕분에 갑작스러운 유령 출현으로 일어난 온갖 소동에 우리도 함께 휘말릴 필요는 없었다.

걸러낸 녹취 파일을 훑다가 귀가 번뜩 뜨였다. 메타데

이터를 확인하니 요한네 어머니, 안나 여사였다. 어떻게든 회의장을 빠져나온 모양이었다. 목소리는 전에 없이 단호했다.

"그때 이야기는 내가 꺼냈지만, 그 연구원을 직접 처리한 건 강 씨 패거리잖아. 우리하고 연결할 꼬투리는 전혀 없어요. 그 일은 깨끗이 끝난 거라고요!"

드디어 찾았다. 삼촌을 죽인 범인을 찾으려고 그토록 오래 애썼는데.

살인범이 반생체칩 공동체 어딘가에 있다는 건 진작 알았다. 삼촌이 개발 중이던 확장현실용 나노머신은 텐서칩보다 비쌌지만 안전하고 효과적인 대안기술이었다. 만약 개발을 완료했다면 이후 텐서칩 반대운동도, 기술보호구역 도입도 어떻게 될지 알 수 없었으리라. 애초에 물밑에선 보호구역을 만들어 부동산이며 개발로 이익을 보겠다는 시나리오가 이미 움직였던 모양이다. 그러니 누군가 삼촌을 제거하고 나노머신 프로젝트를 엎었던 것이다.

그 흑막이 반생체칩 공동체 일원이라는 가설을 세우긴

어렵지 않았다. 나노머신 프로젝트가 박살나며 가장 덕을 많이 본 이들이지 않은가. 이후 재즈며 좋은 친구의 도움을 받아 보호구역 공동체 이곳저곳을 조사했다. 결국 그런 짓을 하고도 은폐할 수 있는 영향력과 행동력을 지닌 집단은 단 한 곳뿐이었다. 앞장서서 정부며 기업들과 교섭한 주축도, 수차례 극성시위를 이끌고 법정을 제집처럼 들락날락한 과격파도 다 모인 베니스힐 아파트. 나는 아파트 공동체에 잠입해 단서를 찾기 시작했다. 요한의 수학 과외를 시작한 것도 그 때문이었다.

재즈가 끼어든 덕분에 퍼뜩 정신이 들었다.

"축하해. 드디어 찾았네. 이제 어쩔 셈? 소년은 또 어쩌고? 하필 걔 엄마가 껴 있잖아."

사실 아파트 주민들에게 몰래 투여한 개조 나노드론으론 위치 추적도 할 수 있었다. 그리고 요한에게 설치하도록 했던 도청기에는 초소형 신경가스 폭탄이 들어 있었다. 범인을 확정하면, 목표가 도청기 가까이 왔을 때 바로 폭탄을 터뜨릴 계획이었다.

"대충 살자는 내 기준으로도 소년한테 못할 짓 하는 거야, 이거. 정말 그대로 진행할 거야?"

고개를 들어 재즈를 쳐다봤지만 왠지 눈에 초점이 잘 안 맞았다. 뜻밖에 막막함과 허탈감이 몰려왔다. 지금껏 일부러 생각을 피해왔지만 살인, 상실, 분노, 복수, 그 사이에 요한이 엮여버렸다. 어쩌자고 일을 이렇게 얽었을까.

잠시 넋을 놓은 사이, 베니스힐 상황은 긴박하게 흘러갔다. 행동파가 예상 이상으로 거칠게 나왔다. 공개회의가 엉망이 되자, 이들은 단지를 구석구석 몰려다니며 엘리트파 주민들을 끌어다 관리동 회의실에 가두기 시작했다. 회의 중에 수작을 부린 범인을 찾겠다는 명분이었다. 이전까진 한 교수가 누름돌이 됐지만, 자신들이 버리는 패가 될지 모른다는 불안감이 터져 나온 모양이었다. 교수 본인마저 관리사무소장실에 따로 갇힌 신세였다.

재즈가 다급한 목소리로 불렀다.

"야! 소년, 요한이, 얘가 자기 방에 없는데?"

순간 심장이 내려앉았다. 자기 방이 아니라면 어디에 있는 거지? 이 상황에 까딱 잘못하면 크게 다칠 텐데. 난 자리에서 벌떡 일어나 재즈를 채근했다.

"그걸 왜 이제야 알아차린 거야? 지금 어디 있는데? 빨리 찾아!"

"에라, 내가 스토커도 아니고 어떻게 실시간으로 애를 찾냐? 잠깐 있어봐… 오, 지금 이쪽으로 오는 중."

"여기로? 그럼 베니스힐을 나온 거야?"

"응. 회의 박살 나고 거의 곧바로 출발했나 보네. 그럼 아파트가 지금 어떤 상황인지도 모를걸."

놀란 가슴을 쓸어내렸다. 폭동이 벌어지기 전에 빠져나왔다면, 요한은 다치지 않았을 것이다. 내가 한 짓이 있으니 마음은 너덜너덜해졌겠지만. 이 애를 얼마나 더 아프게 해야 내 복수를 마무리 지을 수 있을까. 그런 길밖에 없을까.

내가 뭘 해야 할지 분명해졌다. 이제야 감은 눈을 뜬 듯했다.

"재즈. 지금부터 난 베니스힐에 갈 거야."

"지금? 굳이 저 전쟁통으로?"

"안나 여사한테 자수할 기회는 줘야겠어. 오늘 아니면 기회도 없겠지. 넌 우리가 그동안 모은 증거 좀 정리해줄래? 여사가 고집을 부리면 네가 안다는 그 검사한테 자료를 넘겨버리는 거야. 그 정도면 적어도 재수사는 할 수밖에 없을 테고."

웬일로 재즈가 불안한 얼굴로 대답했다.

"증거 정리야 눈 감고도 하지. 근데 꼭 거길 가야겠어? 사고 나기 딱 좋은 거 몰라?"

"알아. 그래도 할 일은 해야지. 요한이 도착하면 여기에 붙잡아둬. 나 베니스힐 간단 소리도 하지 말고. 괜히 아파트로 돌아갔다가 다치지 않게."

가벼운 발걸음으로 집을 나왔다. 좋아, 여기서부턴 즉흥적으로 움직여야 할 모양이다. 하지만 이미 파국은 피할 수 없다. 보잘것없는 두 손으로 뭘 건질 수 있을지, 마지막까지 발버둥을 쳐보자.

9.
내가 모르던 너를 알수록
더 널 모르겠다는 신비

회의실에 모였던 사람들이 흩어지자 재즈가 변덕이라며 건네준 녹음 파일이 떠올랐다. 너무 믿지 말라니, 이제와서 생각하니 의미심장했다. 파일을 재생하니 강 씨 아저씨 목소리였다.

"준비는 벌써 다 해났소. 형님만 오케이 해주시면, 총회 열리기 전에 일 진행할 테니까. 안나 회장하고 102동 김 씨는 아예 총회를 못 나오도록 손봐주고, 나머지 어중이떠중이는 겁만 조금씩 줄 겁니다. 그러고 나면 구역 해제 같은 소리는 쏙 들어갈 거요. 총회도 우리 생각대로 굴러 갈 테고."

"교수님은? 안나 씨를 건드리는데 가만히 두고 보실 것 같아?"

"형님도, 참. 사람 치우는 거야 우리가 한 줄 모르게 해야지. 한두 번 해봅니까? 걱정 마시오. 준비 다 끝났다는 거, 괜한 소리 아닙니다."

잠시 망설인 관리소장 아저씨가 결론을 내렸다.

"좋아. 대신 총회 전에 임원회의 있잖아, 그때까진 가만히 있어. 대화로 해결할 수 있을지 어떨지 마지막으로 시도는 해봐야지. 공개회의니까 되도록 다들 오고. 그날 분위기 보고 정하세."

그러니까, 엄마를 해치느니 마느니 하는 이야기인 거지? 언제 녹음된 거지? 쌤하고 재즈는 이걸 왜 나한테 이야기하지 않았지? 엄마는 괜찮을까? 급한 마음에 일단 전화를 걸었다.

"어, 아들. 집에 없네? 밖이야?"

"네, 잠깐 친구 만난다고…. 엄마, 별일 없어요?"

"어휴, 말도 마. 회의가 엉망이 됐어. 지금 뒷정리하느라 조금 바쁘거든. 천천히 들어올래? 나중에 이야기하자."

짜증은 묻어 있었지만 평소 같은 목소리였다. 이제야 마음이 좀 가라앉았다. 하지만 아직 해결할 일이 남아 있었다. 이 인간들, 뒤에서 수작질을 했다 이 말이지. 어디 뭐라고 하는지 들어봐야겠는데.

쌤 오피스텔까지 한달음에 달려왔다. 택시를 탄 것도 오랜만이었다. 문을 박차고 들어가니 썰렁하게 비어 있었다. 시발, 어디 간 거야, 하고 내뱉자 재즈가 슬그머니 나타났다. 어딘지 안심한 표정이었다.

"그거, XR, 쌤 삼촌이었죠? 그 사람 죽인 놈 찾는다고 날 이용한 거네요. 처음부터 이럴 생각이었어요?"

"미안."

"아무것도 모르고 나 도와준다고 고마워할 때 속으로 얼마나 웃었어요? 재즈는 재밌는 일만 한다면서요? 나 속이는 게 그렇게 신났어요?"

"…미안."

"엄마 위험하단 이야기는 왜 안 해요? 아, 어차피 이용하고 말 거라 우리 가족이 어떻게 되는지는 상관없었구나?"

그렇게 한참을 쏟아냈지만 분은 풀리지 않았다. 기운이 빠졌다. 난 소파에 털썩 주저앉아 머리를 감싸 쥐었다. 잠시 아무 말 없던 재즈가 조심스레 입을 열었다.

"J를 누가 죽였는지도 알아냈어. 그것도 손 놓고 있던 건 아니니까."

이제 와서 어쩌라고 그런 소릴 꺼낼까. 또 무슨 거짓말을 하려고.

"싫을지도 모르지만, 그래도 직접 들어줘."

아무 대답도 하지 않았지만 재즈는 녹음 파일을 재생했다. 낯선 말투, 익숙한 목소리. 엄마였다.

"우리가 조심한들, 뭐. 행동파 사람들은 가만히 있는대요? 정말 일이 꼬이려니까. J 걔가 우리 이야길 엿듣지만 않았어도 그 인간들 진작 다 골로 보냈는데."

"그러니까 그냥 입단속만 하고 말자 했잖아요. 그때도

뒤처리하느라 힘만 다 빠지고 말이야. 아니, 회장님. 꼭 애를 죽여야 했어요?"

"그걸 왜 또 지금 와서 따져요? 사고였다 했잖아요. 살짝 겁만 주려고 했는데 알코올 탓인지, 나노드론이란 게 불량이었는지. 자기가 미쳐 날뛰다가 물에 빠진 거라니까요."

파일을 듣고 얼이 나간 사이, 재즈가 끼어들어 덧붙였다.

"공개회의가 그렇게 되고 나서 좀 있다가 녹음한 내용이야. 그동안 결정적인 증거는 없었지만, 조각조각 모은 정보에 이것까지 합쳐보면 네 엄마가 J를 죽인 범인이야. 네 선생 외삼촌이 죽은 데에도 관여했고."

"또 웬 헛소리예요? 무슨 조각조각이요? 그동안 그런 내용은 전혀 없었잖아요."

"말은 안 했지만 도청 말고도 조사를 좀 했어. 그리고… 도청한 내용도 너한테 다 들려준 건 아니었잖아."

"쌍, 정말 작정을 하고 속였네. 솔직히, 지금 재즈가 하는 말 하나도 못 믿겠어요."

낯설게도 재즈는 군소리 없이 고개를 끄덕였다. 순간 화가 치밀면서도 믿고 싶다는 소망으로 마음 한구석이 아렸다.

"그러니까 이제 다 풀어놔요. 솔직히, 정직히, 숨기는 거 없이. 어차피 이 꼴 났으니까. 저도 다 듣고 나서 어쩔지 결정할게요."

재즈는 답지 않게 차분한 목소리로 하나하나 이야기를 꺼냈다. 이전부터 쌤과 함께 그 삼촌을 죽인 범인을 추적했다는 것, 실마리를 따라갔더니 우리 아파트 단지가 나왔다는 것, 그래서 내 과외를 맡고 지금껏 날 이용해먹은 것까지.

하지만 이야기는 그게 전부가 아니었다. 도청기에 신경가스를 심고 테러를 할 계획이었다는 소리까지 듣곤 욕지기가 나오지 않을 수 없었다.

"…빌어먹을, 또라이들 같으니라고. 그런 걸 또 어떻게 구해서… 나한테 설치하고 다니게 한 거예요?"

"감히 용서해달라는 말도 못하지. 어쨌든 가스는 안 쓰기로 했어. 우리가 찾던 사람 중 하나가 네 엄마였으니까 차마 그러진 못했단 말야."

"그럼 이제 어쩔 건데요? 쌤은 또 무슨 생각을 하고 있어요?"

그러고 보니 쌤은 도대체 어딜 간 걸까? 머리에 열이 차기도 했고, 재즈가 털어놓는 이야기에 정신이 팔려 미처 신경이 미치지 않았는데. 입을 꾹 다물고 있는 재즈를 다시 채근했다.

"쌤 뭐 하고 있어요? 어디 갔냐고요?"

"에라, 모르겠다. 말하지 말랬는데. 방금 너희 아파트에 갔어. 네 엄마 만나서 자수하라고 권하겠다 하더라."

나도 모르게 자리에서 일어나 방을 나가려 한 모양이다. 재즈가 다급한 얼굴로 앞을 가로막았다.

"가서 어쩌려고? 네 선생한테도 일을 매듭지을 기회는 줘야 할 거 아냐?"

"아니, 쌤이 엄마한테 무슨 짓을 할지 알아요?"

"진짜 이야기만 할 거라 했다고! 내가 연락해볼 테니까 5분, 아니 3분만 기다려, 좀. 응?"

"왜 그렇게 말려요? 내가 가면 안 되는 일이 있나 보지?"

"아, 어쨌든 안 돼! 잘못하면 다친단 말이야."

"다쳐요? 내가? 갑자기 왜?"

끔찍한 일이 벌어질 것만 같은 두려움이 밀어닥쳤다. 거듭 재즈를 다그치는데 어느새 목소리가 떨렸다.

"그러고도 아직 숨길 게 남았어요? 하긴 처음부터 친구도 아니었지, 그냥 써먹기 좋은 말이었으니까. 지금 와서 다 말할 필요가 있나 싶다, 그죠?"

"으으, 그럼 대체 내가 뭘 어떻게 해야 하나? 그래, 지금 베니스힐에 난리가 났어. 행동파 인간들이 폭동을 일으켰단 말야. 네가 가봐야 할 수 있는 것도 없고 괜히 다치기만 할 테니까 말을 안 한 거라고. 응?"

폭동이라고? 그럼 엄마는? 쌤은? 당장은 누가 누굴 죽였느니 살렸느니 하는 문제가 아니었다. 말리려는 재즈를 지나쳐 그대로 방에서 나왔다. 뒤에서 오피스텔 문이 쾅 닫히는 소리가 났다. 급하게 전화를 했지만 아버지도 엄마도 연락을 받지 않았다. 혹시나 하는 마음에 쌤에게도 전화를 했지만 역시 마찬가지였다. 서둘러 택시를 탔다. 마음은 앞서 달리는데 차는 너무 느렸다. 제발 아무 일 없이 있어줘, 엄마. 그리고 쌤도, 아직 어떻게 봐야 할진 모르겠지만, 일단 딱 기다리고 있어봐.

10.

관전 포인트는 피, 전화, 집단적 독백

베니스힐에 도착해 조심스레 상황을 살폈다. 행동파로서도 갑작스러운 봉기였다. 으레 단지 각 출입구를 봉쇄했어야 할 텐데, 거기까지 생각이 미치지 못한 듯했다. 이래서야 스스로 자기 목을 조른 격이 되지 않을까. 계획에 없는 일을 하면 그르치기 십상이다. 지금은 나도 별다를 바 없는 상황이지만.

목표를 세우고 올바른 계획을 짜라. 혹은 가설을 세우고 검증하라. 돌아보면 모두 삼촌에게 배운 것이었다. 아버지가 돌아가시고 어머닌 마음을 많이 앓으셨다. 워낙

어렸을 때라 나중에 전해 들은 것이지만.

어머니는 우애가 깊었던 남동생에게 나를 부탁했다 한다. 그 뒤로 난 외삼촌과 함께 지냈다. 삼촌은 부모이자 친구, 좋은 상담자였다. 어렸을 때는 삼촌이 내 우주였다. 당연히 삼촌을 따라 나노공학자가 되리라 생각했다. 삼촌 연구실을 견학했을 때는 또 얼마나 설렜던지.

나이가 들면서 어느새 다른 하고 싶은 공부를 찾았지만 삼촌을 실망시키기 싫어 숨기고 있었다. 삼촌은 어떻게 알았는지 먼저 등을 밀어줬다.

"마음이 떠난 목표를 애물단지처럼 붙잡고 있으면 뭐 해? 하고 싶은 게 명확하면 계획도 설계도 탄탄하게 할 수 있을 거다. 혹 계획대로 안 돼도 후회는 안 남겠지."

맞는 말씀입니다, 삼촌. 그 말씀을 진작 떠올렸으면 좋았을 텐데요. 요한이 마음에 걸리기 시작했을 때에 말입니다. 하긴, 삼촌이라면 애초에 자기 복수 때문에 엉뚱한 사람 아픈 걸 원하지 않으셨겠죠. 그걸 너무 늦게 깨달았어요. 수습은 못해도 후회를 덜 만큼은 해봐야겠습니다.

지키는 사람 하나 없는 정문을 지나 텅 빈 놀이터를 살금살금 가로질렀다. 분리수거장을 지나는 순간, 몇 사람이 주거니 받거니 하며 걸어오는 소리가 들렸다. 다행히 잔뜩 쌓인 재활용 쓰레기 사이에 몸을 숨길 수 있었다.

"…결국 이럴 거, 진작 강 형 말대로 하는 건데. 거, 소장님은 괜히 기다리라 해서."

"아니, 그땐 그게 맞았지. 회의 때 그리 대놓고 사람 죄인 만들 줄 알았나?"

"이제 이 난리가 났잖아. 우린 어떻게 되는 거지? 또 법원 들락거리고 싶진 않은데."

"아까 강 씨도 이야기했잖아. 이 새끼들이 우리가 우습게 보이니까 자꾸 건드린다고. 호락호락하지 않다는 걸 보여줘야 함부로 못하지."

소리가 멀어지자 살짝 고개를 내밀어 뒷모습을 엿봤다. 짧은 몽둥이며 말아 쥔 노끈 덕분에 제법 폭도다웠다. 안나 여사를 단지 바깥으로 데리고 나가다 잘못하면 더 큰

일이 날 것 같았다. 차라리 문을 꼭 닫고 틀어박혀야 할까? 뒤늦게 머리를 굴리느라 바쁜 순간, 까맣게 잊고 있던 폰이 진동했다. 멀리서 들릴 소리는 아니었지만 식은땀이 흘렀다. 전화를 받으려는데 손이 벌벌 떨렸다. 속삭이는 목소리로 핀잔을 던졌다.

"야, 지금 전화하기 나쁜 타이밍인 건 알지?"

"어, 그럴 것 같긴 했어. 인이어 안 하고 나간 네 잘못이야. 게다가 소년이 잔뜩 골나서 베니스힐로 가는 중이니까 너한테 이야길 해줘야지. 일단 나도 쫓아가는 중."

"마, 그렇다고 그냥 보내면 어떡해? 여기 위험한 거 알잖아!"

"그럼 내가 무슨 수로 막냐? 손이 있어, 발이 있어? 게다가 경찰도 움직이기 시작했어. 걔보다 먼저 도착할걸. 거기서 뭘 하든 빨리 끝내!"

다시 울리지 않도록 폰을 아주 꺼버렸다. 조심조심 빠져나오니 멀리 103동 입구가 눈에 들어왔다. 요한이네 집은 12층, 안나 여사도 거기 있겠지. 하필 폭도 둘이 출입구 앞에 쭈그리고 앉아 담배를 태우고 있었다. 구석에 숨어 기회를 엿봤지만 시간만 하릴없이 지났다. 좀처럼 자리를 뜰 기색이 없어 조급한 마음이 끓었다.

핸드폰을 다시 켰다. 삼 분 뒤에 울리도록 알람을 맞췄다. 103동 입구에서 안 보이는 쪽 화단으로 기어가 폰을 숨겨두었다. 다시 살금살금 수거장 쪽으로 돌아와 잠시 기다렸다. 곧 알람이 울린 모양이었다. 담배를 피우던 두 사람은 꽁초를 바닥에 비벼 끄고 두리번거리며 자리를 비웠다. 길이 빈 사이, 잰걸음으로 입구를 지났다. 잽싸게 엘리베이터를 타고 12층에서 내렸다.

생각지 못하게, 요한이네 집 현관문이 열려 있었다. 게다가 안에서 시끄러운 고함소리가 터져 나왔다. 무슨 일인지 따질 겨를도 없었다. 곧장 안으로 뛰어들었다. 소리를 지른 건 안나 여사와 강 씨 아저씨였다. 강 씨는 벌겋게 달아오른 얼굴로 씩씩거리며 안나 여사의 손목을 쥐고 있었다. 안나 여사는 사색이 되어 강 씨를 뿌리치려 몸부림쳤다.

"내가 이렇게까지 할 줄은 몰랐지? 어디까지 발뺌하는지 한번 보자고! 당신네가 우리 엿 먹이려 벼른 걸 모르는 줄 알아?"

"아니, 강 씨, 정말 모르는 일이라니까요. 누가 했든 나는 모르는 일이야. 제발 그것 좀 내려놓고 이야기해, 응?"

그제야 강 씨가 든 날 시퍼런 식칼이 눈에 들어왔다. 자칫 큰 사고가 나겠다 싶었다. 다급하게 강 씨를 불렀다. 획 돌아보는 눈빛에 살기가 번들거렸다.

"뭐, 뭐야? 선생이 왜 여기에 있어?"

"아저씨, 대체 무슨 일이에요? 왜 이러시는 거예요?"

"흥! 선생이 끼어들 일이 아냐! 내가 알아서 하니까 다 물고 꺼지라고."

"그러지 말고 웬일인지 이야기해주세요, 네? 저도 도와드릴 테니까."

조심조심 달래듯 말했다. 긴장감에 뒷목이 저릿저릿했

다. 그래도 경찰이 곧 온다 했겠다. 시간만 제대로 끌면 잘 해결될 거야. 나도 안나 여사하고 해결할 일이 있는데, 정말 마음처럼 안 풀린다. 강 씨는 씩씩대며 칼 든 손을 내저었다.

"그러니까 거, 내가 알아서 한다니까! 이 새끼들이 작심하고 일을 벌였는데, 이제 와서 선생이 도와줄 게 뭐 있어? 애초에 상관없는 일이니까 관심 꺼!"

"아니, 강 씨. 그러지 말고 내 말 좀 들어봐, 응? 뭘 오해하고 있다니까? 우리 단지에 꼭 필요한 사람들을 왜 내보내려 하겠어요?"

안나 여사가 낑낑대며 애걸했다. 강 씨는 코웃음을 칠 뿐이었다.

"빌어먹을 오해는 무슨! 그 옛적 일을 들쑤시고 개수작을 부려놓곤. 지금껏 시키는 대로 재주나 부려줬지, 응? 결국 징역이네 벌금이네 고생은 우리가 다 했는데, 돈 버는 건 당신들이었잖아?"

"아니, 같이 살자고 회사도 세웠잖아! 강 씨들 월급도

주고!"

"그러니까 그게, 씨발, 나 같은 인생은 평생 청소하고 경비나 서면서 당신네 똑똑한 사람들이 주는 푼돈 받고 굽신굽신하라는 소리 아니냐고!"

안나 여사의 말에 강 씨는 점점 더 날뛸 뿐이었다. 어쩔 수 없이 다시 끼어들었다.

"아저씨, 아저씨. 좀 있으면 경찰도 와요. 괜히 나중에 더 고생하시지 말고 일단 진정하셔야 돼요."

"하, 경찰? 잠깐, 뭐, 뭐야, 선생이 신고한 거야?"

"아니, 아파트 전체가 난리잖아요. 진작 신고 들어갔겠죠. 그러니까 이쯤 하시고…"

하지만 강 씨는 숫제 칼끝을 내게 겨누었다.

"잠깐 보자, 선생, 이제 보니 안나 사모네랑 한패야? 그렇지? 같은 S대 동문이잖아. 처음부터 과외는 핑계고, 이 인간들 수작 부리는 거 도와준 거지?"

찌르는 듯한 살기가 나를 향했다. 움켜쥔 손이 헐거워진 순간, 팔목을 잡아 뺀 안나 여사가 현관을 향해 구르

듯 내달았다. 당황한 강 씨는 칼을 마구 휘둘렀다. 자칫 안나 여사가 다칠까, 앞으로 나서며 칼을 휘두르는 팔을 잡았다.

생각이 짧았다. 어쩌겠어, 계획에 없는 일이었는걸.

강 씨는 팔을 우악스레 확 뿌리쳤다. 아차, 하는데 왼쪽 가슴 아래가 불쑥 뜨겁다. 끈적끈적한 열기가 왼 다리를 타고 흐르고, 찌르는 듯한 소름이 온몸으로 퍼진다. 고개를 돌려 왼쪽을 내려다보니 옷이 시뻘겋게 젖었다. 안나 여사의 찢어지는 비명이 들린다. 우당탕 집을 뛰쳐나가는 강 씨의 등이 눈앞을 스쳤다. 뜻밖에 다리에 힘이 풀려 그 자리에 주저앉았다. 옆구리를 꾹 눌렀지만 피는 철철 나온다. 힘은 자꾸 빠진다. 시간이 늘어진 건지 빨라진 건지 모호하다.

잠시 눈을 감았다 뜨니 천장이다. 흔들흔들 움직인다. 아, 들것에 실려 가는 모양이다. 문득 고개를 돌린 순간, 요한이와 눈이 마주친다. 재즈도 보고 있겠지. 벌써 도착했구나. 아, 이런. 사과도 못 했는데. 진짜, 진짜 미안하다고 직접 말해야 하는데. 손을 겨우 뻗지만 닿지 않는다. 이런, 또 애를 울려버렸어.

정리 못 한 일이 너무 많지만, 일단은 재즈가 챙겨주길 바랄 수밖에. 미안, 재즈. 미안, 요한.

11.

산산이 부서지고 남은 것들이 모인 여정

추모공원을 나오는데 등 뒤에서 살랑 찬바람이 일었다. 인기척인가 하여 뒤돌아봤지만 방금 내려온 빈 계단뿐이었다. 어깨를 으쓱하곤 다시 발걸음을 재촉했다. 꽤 외딴 곳이라 버스를 잡으려 해도 제법 걸어야 했다. 텐서칩이 정류장까지 길을 안내했다. 낯설지만 경쾌한 감각이었다. 재즈가 슬쩍 다가와 말을 걸었다.

"이제 가는 거야? 슬슬 심심해지려던 참인데 잘됐네."

"원래 추모원은 재미로 오는 데가 아니거든요? 지루하면 꼭 옆에 안 있어도 됐는데. 음, 옆에 있던 거 맞죠?"

"어, 그러니까 물리적으로 말이야?"

"재즈적으로."

"그야 당연히 쭉 곁을 지켰지."

재즈는 주변을 휙 둘러보는 시늉을 했다.

"진짜 깊은 산속이네. 오는 데만 두 시간 넘게 걸렸지? 그런데 이렇게 잠깐 있다 가?"

"뭐, 누가 어쨌다, 무슨 일이 있었다 하고 간단히 보고만 했어요. 푸념 늘어놓는 건 나한테 어울리지도 않고."

말이 그렇지, 사실 금방 나온 것도 아니다. 뜻했던 것보다 이야기할 것도, 생각할 것도 많았다. 베니스힐 아파트 이야기만 풀어도 한 보따리였다.

결과만 이야기하자면, 서울 마지막 기술보호구역은 공중분해되는 중이다. 폭동이 일어난 지 얼마 지나지 않아 돌입한 기동대는 손쉽게 강 씨 일당을 제압했다. 소동을 벌인 어른들이 곧바로 연행되며 폭력 사태는 막을 내렸고, 다른 사람들은 일단 가슴을 쓸어내렸다. 하지만 다들 공동체에서 마음이 떠났다. 지도자였던 아버지도 신망을 완전히 잃었다. 이제 곧 보호구역이 해제되고, 모두 뿔뿔이 흩어질 것이다.

한편 경찰은 쌤 외삼촌 사건과 J의 죽음을 재수사하기 시작했다. 재즈는 그동안 모은 자료를 수사기관에 넘기기 전에 내게 허락을 구했다. 글쎄, 이제 와서 어떻게, 왜 막아서겠어? 그 뒤로 참고인 조사니 뭐니 하며 제대로 진을 뺐다. 하지만 어떤 수단을 썼는지, 내가 사건에 직접 얽히지 않도록 재즈나 쌤이 퍽 신경을 썼던 모양이다. 경찰은 쌤 혼자 도청기 겸 가스폭탄을 심고, 텐서칩 차단장치도 사보타지했다고 결론 내렸다.

강 씨 아저씨, 관리소장 아저씨는 물론 엄마도 무사히 지나가지 못할 것이다. 어떻게 알아내는지는 몰라도, 재즈는 종종 수사 진행 상황을 전해줬다. 밝혀진 것처럼, J를 죽인 범인은 엄마였다. 소장 아저씨와 엄마가 행동파 사람들을 쫓아낼 음모를 꾸미는 장면을 J가 목격한 것이다. J를 따로 만난 엄마는 확장현실용 불법 나노머신을 몰래 섞은 술을 권했다. 그러곤 어디서 뭘 하는지 그 나노머신을 통해 다 확인할 수 있다며 겁을 주었다. 게다가 자기 말을 듣지 않으면 따끔하게 벌을 줄 수도 있다며 협박했는데, 이 마지막 이야기만 사실이었다. J가 믿지 않자, 엄마는 시연을 해 보였다. 확장현실이었지만, J는 자기 몸에 진짜 불이 붙은 줄 알았다. 어쩔 줄 모르고 땅을 구르던 J는 차가운 호수에 뛰어들었다. 하지만 엄마는 왜 그렇게 되기까지 타는 듯한 통증도, 불길에 휩싸인 XR 영상도 끄지 않았을까.

폭동 후 두어 달이 정신없이 지났다.

베니스힐 공동체가 박살 나는 꼴을 보며, 집을 나갈 궁리를 시작했다. 혼자선 갈피를 잡기 어려웠지만 다행히 재즈가 곁에 있었다. 뭐, 쌤과 손잡고 날 속였으니, 내게 빚을 진 셈이기도 하고. 나는 그런 식으로 꼬투리를 잡았고, 재즈는 꼬투리를 잡혀줬다. 재즈 덕분에 앞으로 어떻게 해야 할지 제법 그림을 그릴 수 있었다.

집을 나와 지낼 자리를 만들고, 감쪽같이 사라진 쌤을

찾는 것. 하긴 재즈가 아니면 같이 할 사람도 없을 일이다.

어이없게도, 이 인간이 어떻게, 어디로 갔는지 아는 사람은 아무도 없다. 쌤은 한동안 깨어나지 못한 채 병실 침상에 누워 있었다. 무려 신경가스 테러 미수범이다. 경찰은 깨어나는 대로 심문을 하겠다고 잔뜩 벼르고 있었다. 사람들 이목을 끈 사건이니 눈도 안 붙이고 감시했겠지. 그런데 어느 날 아침 들여다보니, 침대는 이미 비었고 가지런히 갠 환자복만 남아 있었다 한다.

어쩌면 재즈가 도와준 건 아닐까? 하지만 재즈는 극구 부정했다. 당황스럽고 분하면서도, 호기심과 흥미를 숨기지 못하는 눈치였다. 물론 그런 낯빛, 이제 와서 못 미더울지 모른다. 하지만 설령 거짓말이라 해도, 어차피 날 쌤과 이어줄 가장 분명한 연결고리는 재즈다.

이런저런 소릴 주고받으며 버스 정류장에 도착했다. 다음 버스가 언제 도착할지, XR 플랫폼으로 확인했다. 잠시

앉아 차를 기다리자니, 재즈가 새삼스런 이야기를 꺼낸
다.

"그래서 소년. 네 선생 찾으면 어쩔 거야? 경찰도 눈 시
뻘겋게 뜨고 샅샅이 뒤지는 거 알지?"

"글쎄요. 딱히 경찰에 넘길 생각은 아닌데."

아카시아 향기가 바람을 타고 코끝을 스친다. 날씨가
좋고 바람도 맑다. 생각도 마음도 깨끗하게 정돈되는 느
낌이다.

"쌤한테 물을 말, 들을 말 많았던 거 같은데, 지금은 기
억도 안 나요. 어쩌면 꼭 무슨 말이 아니었을지도 모르
죠. 그냥 그 잘난 얼굴을 한 대 제대로 쥐어박고 싶은 걸
지도."

"그거 꽤 근사한데? 이제 제대로 시작하고 싶어 손이
근질근질한 참이야. 그래도 야, 어지간하면 실마리를 진
작 건졌을 텐데. 무슨 마술을 부린 건지 통 알 수가 없어.
꽤 솜씨 좋은 누군가가 붙어 있나 봐."

"뭐부터 해야 할지 왠지 알 거 같아요."

"오, 좋아! 함 이야기해봐. 내가 이 인간을 꼭 찾고 말 거야. 슬슬 게임을 시작하는 느낌이 드는데?"

재즈의 눈빛이 반짝인다. 미스터리를 풀어나간다는 즐거움, 꽁꽁 숨긴 비밀을 파헤치겠다는 경쟁심. 역시 함께 한다면 든든하기 그지없는 친구다. 또 바람이 지나간다. 이번엔 정말 잘될 것 같다는, 어딘가 그리운 기대감이 솟는다. 까짓 잘 안 되면 어때. 내 세상은 이미 산산조각 났고, 괜한 어리광부릴 데도 없어. 일단 실행 가능하고, 성과도 거둘 수 있는 걸 찾아 하나씩 해볼 수밖에.

"가설부터 세우는 거죠. 그리고 하나씩 검증해나가는 거예요."

멀리서 버스가 보이고, 사라진 멍청이를 찾는 내 이야기는 아마도 이렇게 시작되고 있다.

작가의 말

즐겁게 읽으셨나요? 그러셨다면 좋겠습니다. 저는 쓰면서 나름 즐겼거든요. 이 이야기가 마냥 밝고 아름답지는 않지만… 어쩌면 그 덕분인지도 모르죠. 모략, 배신, 테러나 살인 등등. 아쉽게도 폭발과 방화는 등장하질 않았네요. 다음엔 꼭 써먹어야지. 혹시 경고문을 먼저 써야 했을까요? "이 책의 내용은 허구이며, 저자와 출판사는 책이 묘사하는 어떠한 행위도 지지, 묵인, 장려하지 않습니다."라든지요. 게임이나 영화 서두에서 비슷한 문장을 자주 만났습니다.

하지만 경고문이랍시고 써 놓고 보니 의아합니다. 물론 저는 살인도 테러도, 아무리 사소한 배신이라도 장려하고 싶지 않지만, '어떠한 행위도'라뇨? 책에 바람직한 것,

좋은 것이 전혀 없다면 어떻게, 왜 세상에 내놓겠어요? 그렇다고 지지하지 않는 행위를 하나하나 지목할 수도 없습니다. 그랬다간 다들 끝없는 목록에 숨 막혀 첫 문장도 읽지 않고 책을 덮을 겁니다.

게다가 글에서도 우리 삶에서도, 옳은 것과 그른 것은 추상적 단어 몇 마디로 깔끔하게 나눌 수 없지 않을까요? 구분하기도 어렵고, 구분을 한다 해도 단단히 얽힌 탓에 서로 떼어내기는 여전히 곤란하지 않을까요? 문득 『앵무새 죽이기』와 『레 미제라블』이 떠오릅니다. 모략, 배신, 폭동과 살인이, 그것도 꽤 많이 등장하는 소설들입니다. 이 걸작에 책의 내용은 허구 운운, 저자는 어떠한 행위를 지지하느니 않느니 운운한다면, 해야만 한다면 너무 슬픈 일입니다.

이런. 제가 감히 하퍼 리나 빅토르 위고와 같은 작가라는 소리는 아닙니다. 제 즐거움과, 여러 폭력과, 경고문과, 이런저런 퇴행적 검열을 생각하다가 여기까지 이르렀을 뿐입니다. 또한 '책 내용은 허구'라는 선언은 그 어떤 책임이라도 피할 수 있는 변명이 될 수 없다고 마음에 새겼을 따름입니다.『앵무새 죽이기』는 세상 어느 다큐나 뉴스 앞에서도 부족하지 않을 만큼 진실하니까요. 그러니 책임을 얼마나 다했을지 스스로 묻고, '앞으로 더 잘해야지'하며 달콤쌉싸름한 결심을 삼켰다는 소리를 장황하게 풀어서 늘어놓은 셈입니다.

이전엔 늘 단편만 기획하고 써 온 차라, 길지 않은 5만 자짜리 글(물론 공백 포함)임에도 꽤 애를 먹었습니다. 나름 이야기꾼이자 시인, 몽상가이자 거짓말쟁이라 자처하는 저로썬 새삼 부끄러웠습니다. 편집부의 도움이 컸습니다. 혹시 책을 읽다가 마음에 불만이 일어나신다면, 그건 이야기를 충분히 전하지 못한 글쓴이의 부족함 탓이니, 출판사며 책 속 인물들을 너무 미워하지는 말아 주시길. 글을 다 쓰고 보니, 당장 저도 등장인물들에게 더 모질지 못했더군요. 처음엔 좀 더 질펀한 피바다를 계획했던 것 같은데. ("이 책의 내용은 허구이며…") 하지만 한 세계가 무너지는 이야기에서, 사람도 꼭 그만큼 죽어야 하는 건 아니리라 믿습니다.

　그리고 살아남은 우리는 조금은 더 행복했으면 좋겠습니다. 슬픔이 삶의 본질이 아니라면요.

2021년 12월

정지윤